FINISTERRE

FINISTERRE

Jesús Miguel Soto

Finisterre

© 2024 Jesús Miguel Soto

miliapassuum libros

Todos los derechos reservados.

Si desea traducir o adaptar el libro a un videojuego, un musical o un podcast solicite permiso por escrito a los titulares del *copyright*.

La portada de este libro fue realizada a partir de una fotografía de Jon Pauling/Pixabay obtenida bajo Licencia CC0 Content.

ISBN de la edición impresa: 978-1-915922-66-3

Para Isabel Vetencourt, mi faro de viaje.

FINISTERRE

PRÓLOGOS 7

LA NOVELA EN SÍ 101

LA NOVELA EN NO 137

EPÍLOGOS 171

I
PRÓLOGOS

UNO

El guía amaneció enfermo. Llevaba días menguando, desenvolviéndose con progresiva lentitud. Los del grupo no lo notaron; conocían poco a ese guía e ignoraban cuál era su verdadera velocidad. Ensimismados en replicar sus movimientos, no en cuestionarlos, habían interpretado que sus pausadas vacilaciones en el terreno eran una puesta en escena propia de su estilo.

A primera hora de la mañana del tercer día de ruta, el guía salió a gatas de su bolsa de dormir, tembloroso, empapado de fiebre. Sin recoger ninguna pieza de su equipaje y sin dirigir a nadie su mirada, dio veintitrés pasos y se desplomó de bruces sobre la tierra seca, en un claro libre de matorrales. Alguien del grupo tuvo que haber contado los pasos, tenían certeza de la cantidad y guardaron el dato con el deseo de que más adelante pudiera significar algo. Mientras el guía avanzaba hacia su caída, los del grupo empaquetaban su porción de campamento, producían los últimos bostezos, se tronaban las articulaciones entumecidas y se aseguraban de que sus pertenencias más preciadas no hubiesen sido robadas durante la noche.

La médico del grupo inspeccionó el cuerpo tendido; tuvo la imprudencia de correr hasta él, sin cuidar donde pisaba. Después de voltear el cuerpo sin peso, estuvo un rato examinándole la mirada, escuchándole el pecho, escarbándole la cabellera. Los demás la alcanzaron en cautelosa fila india, calcando los veintitrés pasos que había dado el guía.

"Nada hay que hacer. Intervenir en su agonía será prolongarla", les gritó la médico. En fraseos de ese tipo consistía su sabiduría.

Todos le creyeron, menos Zoran; solo él sabía que ella no era médico. A su vez, ella era la única que sabía que él no era domador. Habían coincidido en otro grupo más grande del que fueron expulsados cuando descubrieron que ella no era mecánica, ni él costurero. Cada uno se había marchado por su lado y meses después volvieron a toparse cuando el grupo del guía enfermo estaba por partir. Se sumaron a la caravana simulando no reconocerse, sin poder evitar lanzarse torvas miradas que los demás interpretaban como feroces invitaciones al placer. Si la falsa médico tomaba la iniciativa de desenmascarar a Zoran, la contraofensiva de este parecería ante los demás un ardid sin más sustento que la mera venganza. Si en cambio era él quien daba el primer golpe, tendría la ventaja de la sorpresa general. Cuando todos aceptaron su diagnóstico sobre el estado del guía ella fue legitimada como médico; entonces ya era tarde para que Zoran se manifestara. Así que también fingió resignación, como el resto.

El tarotista, la tabernera, el sacerdote y la botánica también mentían, pero su secreto les pertenecía solo a ellos. Cada uno había engañado al dueño de los mapas, un titiritero caído en desgracia, para que los admitiera en la caravana confiando en la probable utilidad de las habilidades ofrecidas: un domador para mantener a raya a las bestias, una médico para proveer suturas y brebajes, un sacerdote para espantar los malos augurios, un tarotista para descifrar las transformaciones del futuro en cada bifurcación del camino, una botánica para evitar envenenamientos con las yerbas y bayas que les servían de sustento. La tabernera se había ofrecido como futura compañera del titiritero, juntos montarían una taberna con espectáculos circenses todas las noches y jarras de espumosa cerveza deslizándose sin cesar sobre un largo mesón de roble pulido.

Los del grupo desempeñaban su ficción sin gestos hiperbólicos. La médico fingió una última toma del pulso que ratificara su diagnóstico de no intervención. Zoran fingió examinar el perímetro de la escena por si se aproximaba un jaguar. El sacerdote tardó más en reaccionar y, no de inmediato, fue a postrarse a la vera del cuerpo que aún parecía respirar; allí murmuró breves rezos en alguna lengua muerta y luego se apartó para fumarse uno de sus atados de tabaco que nunca convidaba a nadie.

Ningún miembro del grupo había pretendido ser sepulturero, así que dejaron al guía allí tendido, sin ni siquiera cubrirle el rostro con un pedazo de tela.

Entre el sacerdote y la médico despojaron al guía de una linterna, un cinturón de cuero, una brújula, una navaja sin filo. Con su mano sana, el titiritero rebuscó en la bolsa de dormir del guía, revolvió con autoridad y tomó lo que le pertenecía en calidad de líder de la expedición. Los pliegos de los mapas se los encajó en el pantalón por encima del revólver. En la entrepierna se embutió el pesado talego de monedas de coltán que le habían dado al guía a cambio de sus servicios.

"No hay devolución de dineros. Buscaremos otro guía en el camino y con esto le pagaremos, así que seguimos como habíamos pactado", les dijo a todos mientras se tocaba el bulto metálico que le pesaba en la entrepierna y que el sacerdote y la tabernera miraban con una lascivia mal disimulada.

El guía llevaba consigo tres mapas de papel. Extendidos, el más grande medía siete metros de largo y el más pequeño cabía en la palma de una mano. Ninguno del grupo sabía interpretarlos, ni siquiera el titiritero, así que de momento era irrelevante la veracidad cartográfica de los mismos. El guía enfermo y caído era de los que se apañaban con pocos pliegos. Durante el breve trayecto previo a su desplome, el guía miró los mapas sólo dos veces: cuando la mano dislocada del titiritero se los entregó junto con el talego de monedas de coltán, y cuando recién habían saltado la valla que separaba el poblado de donde habían partido de la tierra abierta y tendida, toda horizontes, todos caminos, toda fatalidad.

Dado que ya no era apto para responder sobre sus métodos, suponemos que el guía había memorizado todo el contenido de los mapas con únicamente esas dos miradas; o quizá no los consultó más porque los sabía inútiles y no quiso revelar el fiasco al grupo para no imponerles más preocupaciones de las que les esperaban en el camino. Los guías, en su proverbial silencio, también están allí para proveer consuelo y alivio a las penurias de quienes los contratan.

Hasta el momento en que se desplomó, ninguno del grupo había compartido en voz alta sus inquietudes sobre si ese guía de andar demorado era un verdadero guía que sabía leer los mapas, reconocer el terreno y llevarlos a buen puerto. Más que una confianza ilusa, tenían ellos una confianza irreflexiva, como la que depositamos comúnmente en artefactos como el lenguaje o los relojes: no se trata de una fe ciega, sino de un uso práctico basado en la conciencia de que son funcionales, pero haciendo la vista gorda al hecho de que en cualquier momento pueden fallar.

Para todos los del grupo, menos para el tarotista y la tabernera, este no era el primer viaje que emprendían. Sabían que tampoco sería el definitivo que los sacaría de Vladik. A lo sumo esperaban no pisar una mina activa, no ser devorados por jaguares o no sucumbir ante cualquier otra calamidad propia de este tipo de viajes. También sabían que:

- Vladik no se construyó en un día (información irrelevante pero que una vez que se sabe no puede dejar de saberse y de repetirse),

- de Vladik no se sale en un solo viaje (proverbio verídico que un golpe de dados en la ruta podía abolir),

- a la larga todos los caminos se adentran en Vladik (verdad geométrica cuyo enunciado entrañaba la esperanza de topar con la excepción).

Toda esa sapiencia de pocas palabras (*mini sapiencia*) les ayudaba a los viajantes a sobrellevar el camino; no había un equipaje más portátil y resistente a la furia de los elementos que esas frases de sentidos ambiguos, reconfortantes por el solo hecho de ser compartidas.

Ni siquiera los novatos, como el tarotista, que habían agotado todos sus recursos para pagar un guía, esperaban que este viaje los sacara de Vladik. Se daban por satisfechos si lograban llegar a un nuevo poblado desde el cuál emprender otra travesía. Esta, como cualquier otra caravana, era una batalla más dentro de una guerra; tendrían que llevar a cabo muchos viajes, tratando de salir más o menos ilesos de la mayoría, hasta que en algún momento ocurriera la batalla-caravana final: el desenlace.

Zoran era distinto. Aunque ya llevaba tiempo recorriendo Vladik para abandonarlo, siempre creía que el próximo guía sería el definitivo que lo llevaría al otro lado de las fronteras vládikas. Y a pesar de las recientes expediciones fallidas, la experiencia no le había diluido la porfía con que sostenía su credo.

"Tiene que haber una forma de ganar una guerra con una única batalla. Se puede, ¿verdad?", le preguntó Zoran, años atrás, a la guía de su primer viaje, una mujer muy vieja, de piernas y pisadas poderosas. La anciana se rio de su pregunta (de su contenido y de su entusiasmo), no con una risa burlona, sino con la sonrisa melancólica de quien añora una época cercana a la inocencia en la que formulábamos interrogantes confiando en que tenían respuesta.

El guía caído y despojado de varias de sus pertenencias les había parecido correcto en todo punto salvo porque cayó enfermo. Allí les falló, pero ya no había modo de reclamarle. Cada miembro del grupo había previsto diversas posibilidades al inicio del viaje: violencia, deserciones, estupros, marramucias... pero no habían imaginado que el guía se les quedaría tendido a mitad de camino. Las previsiones suelen quedarse cortas; por eso hay quienes prefieren no imaginar y solo avanzar, adaptándose al ritmo de los sucesos y dejándose sorprender incluso por los eventos más anodinos.

Es un decir, claro está, que el guía se desplomó justo a mitad de camino; si ello fuera una certeza, sabrían cuánto del mapa habían recorrido o cuánto les faltaba para llegar a un nuevo punto. Ninguno del grupo tenía manera de saber si estaban más cerca o más lejos de alguna frontera de Vladik. Era posible que incluso se hubiesen acercado al centro de Vladik en vez de haberse desplazado hacia sus fronteras: una circunstancia nada anómala, pues es común que haya que efectuar múltiples rodeos y retrocesos antes de empalmar con posibles rutas de salida.

La única certeza con la que contaban era que el guía había dado veintitrés pasos antes de derrumbarse. Una certeza ambigua que no sabían cómo interpretar: ¿era esa la mejor manera de ir recorriendo los trechos?, ¿era la peor forma, y los llevaría a un desplome colectivo?, ¿faltaban veintitrés horas, veintitrés días veintitrés meses para salir de Vladik?, ¿o el número nada significaba? El tarotista explicó sin énfasis que la cifra era de mal agüero, recomendó no pronunciarla más y alejarse del cuerpo del guía tan pronto como pudieran. El sacerdote lo refutó apoyándose en unas supuestas escrituras en las que se contaban en veintitrés millones los azulejos de un palacio sagrado, dijo que los pasos del guía significaban que estaban cerca del camino que conduce al paraíso. Zoran pensó que llegar al paraíso era sinónimo de estar muerto, pero se abstuvo de comentarlo porque consideraba que su posición en el grupo era la más débil y lo mejor era hacerse el invisible la mayor cantidad de tiempo que pudiera.

DOS

No es posible salir de Vladik sin un guía que ayude a esquivar los caminos minados. La ubicación de las minas antipersona se detalla en los mapas, el principal pertrecho de los guías. Hay mapas confiables para salir ileso de Vladik. Por tanto, también hay mapas que no son de fiar. Basta que un mapa tenga un desliz en un trazo (cuando son en papel) o un mínimo error de código de programación (cuando consisten en algoritmos alojados en dispositivos electrónicos) para que se torne letal, pese a que en su hechura o reproducción hayan privado los buenos propósitos y el conocimiento verídico de la ubicación, calidad y estado de las minas reseñadas. Es incorrecto hablar de mapas medianamente confiables, la precisión es fundamental y no admite matices o aproximaciones.

Hay expertos capaces de garantizar la autenticidad de un mapa impreso o de su código mediante un programa informático. Sin embargo, un asunto es la autenticidad y otro es una errata de origen. Un mapa puede ser un original o un facsímil certificado y tener un error garrafal de origen que escapa a la experticia del ojo más especializado. Entre los expertos en autentificar mapas los hay bastante confiables y poco confiables. En este punto es admisible la distinción de matices; ha ocurrido muchas veces que un experto no confiable acierte, por mero azar, en la autentificación de un mapa. También, hay expertos reputados a los que el azar (una mancha de grasa o sangre en el papel, un jugueteo de sombras en la recámara de examinación o el primer asomo de una incipiente catarata en el cristalino ocular) les ha jugado una mala pasada y han certificado como bueno un mapa malo, o a la inversa. Si a pesar de todas las pruebas de rigor un experto tiene dudas sobre la autenticidad de un mapa, debería abstenerse de emitir un juicio. En todo caso, no conviene presionarlos ni amenazarlos; el resultado podría ser una validación inconsecuente por parte del experto para salir con vida del atolladero. Pese a que un experto haya sido muy recomendado y goce de buena reputación, no hay manera de reconocer su auténtico calibre. Algunos exhiben dotes de histrionismo capaz de obnubilar cualquier juicio; otros son más bien retraídos y de maneras torpes. Existen expertos dedicados a validar expertos, y también hay expertos especializados en validar la experticia de estos últimos. Lo mínimo que se puede esperar de un experto es que sea capaz de descartar un mapa que él mismo no usaría para salir de Vladik; aunque también es cierto que en el límite de la desesperación todos podemos creer en cualquier trozo sucio de papel.

El solo hecho de adquirir mapas y someterlos al escrutinio de cartógrafos para su posterior uso entraña un acto de fe mayúscula. Incluso teniendo un mapa auténtico validado por un experto confiable, el documento se vuelve vano sin un guía que sepa traducirlo (esto es: llevarlo a cabo) y que esté dispuesto a transitar las rutas propuestas y evitar las proscritas. Un guía debe combinar el análisis de mapas con el conocimiento intuitivo del terreno. Un guía es una suerte de mapa vivo, el mapa hecho organismo. El único modo de traducir un mapa es aventurarse a recorrerlo. La traducción que hace el guía no es de un lenguaje a otro, sino de la teoría a la práctica. Una traducción en vivo que entraña muchas posibilidades frente a únicas elecciones: cada travesía es irrepetible, como una huella dactilar o como la forma de una nube. De ahí que los guías sean más apreciados que los expertos en cartografía. Hay que advertir, sin embargo, que un guía curtido pudo haber efectuado un mismo trayecto de ida y vuelta varias veces y aun así fallar en ese mismísimo recorrido, pues hay miles de minas antipersona programadas para activarse tras varias pisadas o después de meses o años de haber sido acariciadas por alguna suela.

Los mapas admiten miradas con fines contemplativos. Sus trazos y símbolos alientan la imaginación de sus portadores durante las noches insomnes: ¿senderos subterráneos, cascadas, colinas, bosques, almacenes, cabañas, antiguas vías de tren? Y en las partes donde el papel no es más que un manchón negro es lícito suponer la existencia de un lago o de un abismo. Además de la seguridad de poseerlos, esas imaginerías son lo más que se puede obtener de ellos si no se cuenta con la habilidad para leerlos y la experticia para compararlos con los caminos o con otros mapas.

Casi ningún mapa distingue el estado de las minas, ni mucho menos si factores como la erosión o los movimientos de tierra desplazaron la plantación de las minas a otro sitio. Tampoco especifican la cantidad de minas plantadas en determinado punto o el tipo de mina en cuestión. Las minas Soria o las Pionyang son de descomunal potencia, pero de baja sensibilidad; minas como las Golán o las Ozren no son tan potentes, pero sí en extremo sensibles: hasta la suave pisada de un lobo o el arrastrarse de una vaquita cambray activa el mecanismo detonante. Las minas abundan en tipos, combinaciones, letalidades y desperfectos técnicos que las hacen impredecibles. Debido a la gran variedad de minas antipersona, fabricadas con técnicas y materiales dispares, los instrumentos para su detección son múltiples y por lo mismo estériles: en cada expedición habría que portar una ingente cantidad de dispositivos, lo que le añadiría un punto más de insensatez al viaje.

Un guía, a diferencia del mercader o del cartógrafo, se expone con su propio cuerpo a la fatalidad del error. Y aunque hay guías que se han vuelto expertos en autentificar mapas, y también expertos que devinieron en guías, cada nuevo viaje constituye siempre una experiencia de grado cero. Por lo general los guías operan por zonas; son raros aquellos que ofrecen cruzar vastas extensiones de territorio. Así que, si se quiere salir totalmente de Vladik, se requieren varios guías y muchos mapas. Para obtener una ruta completa de salida segura de Vladik serían necesarios centenas de pliegos de mapas o un programa informático complejo que pueda unir y dar sentido a una serie de códigos disímiles de mapas. Influenciados por cartógrafos eminentes como Suárez Miranda y L. Carroll, abundan quienes no creen en la ficción de los mapas reducidos y sostienen que el único mapa exacto y confiable sería aquel que tuviera la misma extensión de Vladik. Otros más puristas sostienen que ese mapa de escala uno:uno es aún insuficiente, pues para ser total debería estar compuesto por distintas capas de mapa en las que se consideren sucesivamente los cambios del paisaje, las historias de minas que ya han explotado y de aquellas ya holladas pero que aún están por explotar a la espera de la pisada definitiva. Hay leyendas de mapas totales que son más grandes que el territorio que representan. De existir un mapa así de superlativo, su inutilidad quedaría compensada por su colosal rareza.

Se sabe, más allá de la intuición o de la imaginería popular, que la concentración de las minas se incrementa hacia las afueras de Vladik y disminuye mientras más cerca se está de lo que fue su centro geográfico y político. Las minas antipersona se plantaron con el objeto de proveer a Vladik de una muralla invisible para la protección frente a los enemigos externos que quisieran entrar y contra los enemigos internos que quisieran salir. Y aunque Vladik cesó como Estado, perdura gracias a sus minas que perpetúan la idea de Vladik bajo la forma de maquinaria ideal y ensueño eterno. La cualidad fantasma de la muralla de minas incrementa su letalidad y ha servido para contener la forma (o las formas) de Vladik, otorgándole cierta consistencia a unos contornos geográficos e ideológicos que de otra forma se hubiesen diluido, tal como ocurre tarde o temprano con todos los imperios sin importar su tamaño. El cuerpo del estado vládiko puede estar podrido o hecho polvo, pero las minas siguen allí para recordar su existencia, para perpetuar la idea de lo vládiko mediante el puro horror latente en cada pisada.

Hay quienes sostienen que las minas nunca existieron en absoluto, que su sola promesa fue suficiente para cercar a sus habitantes puertas adentro y evitar intromisiones incómodas cuando empezó el período de la paz vládika, aquella quietud artificial tan parecida a la paz de los cementerios. No obstante, los testimonios de innumerables ciegos, mutilados y errantes enloquecidos que sobrevivieron a explosiones durante alguna caravana atestiguan la existencia de las minas. Cuando no matan, las minas escriben sobre el cuerpo, se instalan en él y multiplican su mensaje a través de la mirada de los otros. Son una forma de virus que contagia el terror y tiende a favorecer la inmovilidad. "Las minas son la paz. Son un ecosistema natural que, como los arrecifes de coral, no hay que perturbar; hay que dejarlas estar", repetían en sus tiempos los funcionarios de Vladik.

No es necesario transitar los caminos minados para padecer sus estragos. Una mina antipersona no necesita explotar para cumplir con su objetivo primario: la prohibición de imaginar o enunciar un mundo distinto. Las minas no solo demarcan las aparentes fronteras vládikas, también aspiran a delimitar el mundo y sus posibilidades, con el mensaje subrepticio de que después de un supuesto finisterre nada hay. Aún hoy circulan leyendas que cuestionan la abundancia de minas. Se cuenta, por ejemplo, que los funcionarios vládikos plantaron muchas menos de las prometidas, o que cientos de miles eran de utilería. Otras ideas peregrinas sostienen que algunos jardineros, a causa de errores de planificación o mera desidia, las sembraron en lugares no designados o las abandonaron en terrenos baldíos y caminos alejados de las rutas que conducen a las fronteras de Vladik. Aunque todo esto pudiera ser cierto, son historias (quizá diseminadas en su momento por los propios funcionarios de Vladik) destinadas a desprestigiar la labor de los expertos en cartografía y de los guías. Historias que prometen vanas esperanzas solo para volvernos más laxos y confiados en que el mal es torpe y por tanto destructible. Estos juegos especulativos pueden resultar entretenidos, pero lo cierto es que conducen a callejones ciegos. Lo más sensato, si se quiere salir ileso de Vladik y comprobar si existe o no algo después de sus fronteras, es creer en la existencia de todas las minas, en su potencial destructivo, en su amenaza latente.

Algunos mercaderes se jactan de ofrecer mapas alternativos en los que se marca la ubicación de las supuestas minas desperdigadas en lugares no oficiales, o mapas que prometen rutas amplísimas, casi fantásticas, en las que no hay ni una sola mina auténtica. Todo guía, incluso el más escéptico, ha de cargar siempre con la cruz de la incertidumbre; aunque esté convencido de que las minas de utilería y las no registradas son un mito, sabe que ese tipo de prácticas no eran inusuales en la burocracia del estado vládiko. Un guía debe creer, sin escepticismos juveniles, en la existencia de todas las minas, las reales y las imaginarias.

Los guías, debido a su talante silencioso y contemplativo, no suelen hacer comentarios sobre sus creencias a estos respectos. Ello no quiere decir que no piensen en el asunto. De hecho, la vocación de los auténticos guías está fraguada en las brasas de un constante meditar sobre su oficio, no solo en lo concerniente a cuestiones estratégicas (como la interpretación de los mapas y de las señales en el camino dejadas por otros guías), sino también en lo referente a asuntos espirituales.

Los guías, en su origen, son seres que ya lo perdieron todo una y otra vez. Y aunque es verdad que todos ya lo perdimos todo, no siempre eso nos ha ocurrido una y otra vez. Un auténtico guía, de hecho, anhela volver a perderlo todo de nuevo hasta que eso deja de importarle: he ahí un guía en el máximo esplendor de su oficio. En este preciso instante, en algún lugar de Vladik, es seguro que al menos un guía se repite que todas las posibilidades recién dichas son potencialmente ciertas.

Aunque no hay certeza de cuántos, hay muchos guías que se han asomado a través de la puerta de salida de Vladik. ¿Pero por qué vuelven? Quizá tiemblan de terror de solo pensar cómo serían sus vidas más allá, en esas tierras ignotas. ¿Persistirían en su oficio? ¿Guías de qué? Acaso suponen que al cruzar la frontera se encontrarán con un nuevo Vladik, con otro nombre, otros caminos minados y otros guías más jóvenes y capaces, y a los viejos guías recién llegados no les quedaría más remedio que perseguir las sombras de estos nuevos guías hasta llegar a otra frontera más.

Cuando el guía enfermo se terminó de apagar del todo, se desarrolló una trifulca sosegada que dividió al grupo en tres partes.

Quienes estaban en posesión de los mapas, del coltán y de la navaja sin filo (el titiritero, la tabernera, el sacerdote y la médico) acordaron continuar la ruta que parecía estaba siguiendo el guía, quizá empleando la estrategia de veintitrés pasos más una pausa.

Un grupo más reducido, formado por la botánica y el tarotista, creía insensato avanzar a ciegas; preferían desandar la ruta hasta volver al poblado de donde habían partido y allí conseguir más dineros, otros mapas y otro guía. Con la lectura de cartas para recalcular la trayectoria de vuelta y el conocimiento herbolario para identificar cuál había sido el pasto que recién habían recorrido, la pareja consideraba que tenían una o dos oportunidades más de sobrevivir que con unos mapas que nadie sabía interpretar.

Estos últimos invitaron a Zoran a unirse a sus filas, pero el falso domador permanecía tendido junto al cuerpo del guía sin adherirse a ninguno de los dos bandos.

"Se equivocan. Todos", murmuró Zoran sin convicción.

"¿Por qué, domador? ¿Nos esperan jaguares, osos, lobos? ¿O es que nos toparemos con peligrosas mariposas y temibles vaquitas cambray?", le escupió burlona la falsa médico, y todo su grupo la secundó con risas fatigadas.

Zoran pensaba que devolverse sería repetirse y tarde o temprano retornar al punto exacto donde estaban. En cuanto a avanzar con el grupo de los mapas, temía menos la amenaza de las minas que el revólver del titiritero y la inminente delación de la hostil falsa médico. Su mejor chance era esperar a que apareciera otra caravana en la que pudiera incorporarse.

"Vaya usted por donde quiera menos con nosotros. Si quiere sus dineros de vuelta pídale cuentas a ese", le dijo el titiritero señalando con el mentón el cuerpo del guía.

La falsa médico le susurró a Zoran al oído la palabra *farsante*; luego comentó con su grupo que ése ya era hombre muerto y que ella nomás había cumplido con avisarle. El sacerdote escupió al suelo y el titiritero se palpó el talego del coltán con la mano mala. De nuevo los reojos de la tabernera y el sacerdote coincidieron en aquella protuberante entrepierna metálica.

Los dos grupos se dispersaron en direcciones opuestas: los de la huida hacia atrás y los de la huida hacia adelante.

Las posibilidades que se abrían ante Zoran entrañaban un falso *trilema*; en realidad no existía una tercera vía concreta hacia donde caminar. Es decir, había miles de opciones más hacia donde ir, pero no una opción clara y distinta a la de los dos grupos que acababan de abandonarlo. Y esperar, como lo hacía, no era más que un mientras tanto; tarde o temprano tendría que moverse.

Si hubiese sabido calcular el camino que matemáticamente se oponía a la suma de las rutas de ambos grupos lo habría tomado. Si hubiese tenido una moneda de cobre, la habría aventado al aire como brújula azarosa para elegir y descartar rumbos. Pero solo tenía una sola y de coltán, y como éstas no están acuñadas en ninguna de sus caras, su superficie es un espejo oscuro que parece decir: no hay Dios para jugar a los dados.

"Vamos a esperar", pluralizó Zoran para sí.

Tendido junto al cuerpo del guía confiaba en que su decisión de haber decidido no moverse era la mejor.

Zoran intentó quedarse con las botas del guía, pero le fue imposible quitárselas. Quizá era cierto que las llevaban cosidas a los pies.

Se creía que desde que iniciaban su vida como guías ellos mismos se cosían el cuero de las botas a su propio pellejo, y una vez que el pico del dolor descendía emprendían sus primeras caminatas rumbo a las fronteras. El dolor nunca se les iba del todo y eso era un recordatorio del tacto con que debían calibrar cada una de sus pisadas. Esa leyenda le parecía a Zoran exagerada, aunque creíble. Si bien las historias y pensamientos desmedidos tienen graduaciones que van de lo probable a lo imposible, en Vladik todo era admisible. Vladik era una tierra fértil en posibilidades, donde desde tiempos inmemoriales la normalidad había estallado en pequeñas astillas de rarezas y sinsentidos que pasaron a constituir el sustrato de los días. "Cuando lo extraordinario se hace cotidiano" era de hecho uno de los lemas del Partido cuando los orígenes del orden vládiko.

¿Había un pasado antes de Vladik? La narrativa vládika, más que satanizarlo, lo negaba; el pasado era un lastre que había que superar. Lo vládiko se conjugaba en tiempo futuro, pero el futuro ya había pasado también. Perdura un Vladik en ruinas que es puro presente destilado en su más pura sustancia; un presente desmemoriado y desesperanzado que recuerda a la locura contenida de los pájaros cuando se están quietos. No es un presente místico de desprendimiento e iluminación, sino uno oscuro, como el de las máquinas analógicas cuando mueven sus engranajes por pura inercia o por efecto de los elementos.

Como Zoran no le pudo sacar las botas al guía, intentó quitarle la chaqueta; pero la descartó porque olía terrible, no el olor irritante de los fluidos corporales y la falta de higiene, era el helado efluvio de la putrefacción. O se trataba de algún trozo de carne que el guía allí guardaba como vianda, o bien el guía se había estado muriendo por partes, desde dentro, hasta que ya no pudo dar un paso más.

Aun así, pese al olor rancio, o a causa de él, Zoran permaneció allí, con las caderas paralizadas. Era capaz de realizar movimientos con sus brazos y piernas, pero no podía levantarse. Su estado era el de alguien que hubiese pisado una mina de las que funcionan por alivio de presión, es decir, que estallan no cuando son pisadas, sino cuando se les retira el peso del cuerpo que las pisa.

Allí tendido, Zoran le sacó al guía del bolsillo un encendedor y una pipa. No podía eludir la vieja costumbre vládika de saquear al muerto, de alivianarle el peso para hacerle más ágil su camino hacia más allá. Intentó abrirle los ojos, como también ordena la costumbre funeraria, pero no pudo; ya los párpados se le habían endurecido y era imposible abrirlos sin hacer un corte. Si es que había otro mundo con sus fronteras y sus caminos minados, al guía muerto le tocaría cruzarlo en completa ceguera. Eso era la oscuridad final. Por eso en Vladik daba tanto miedo morirse solo, sin la compañía de un alma buena que nos abriera los párpados cuando hiciera falta.

Muchos guías que han perdido la vista a consecuencia de una explosión o de alguna trifulca son igualmente solicitados para liderar una caravana. La ceguera ilusiona a quienes los buscan debido a la creencia en la capacidad de los invidentes para percibir umbrales invisibles al resto de los mortales. En Vladik, se dice, la vida es mejor recorrerla con los ojos muy cerrados y la muerte con los ojos bien abiertos. Sin embargo, un código de conducta entre los guías les prohíbe rotundamente negarse a servir sin el funcionamiento pleno del sentido de la visión. Hay excepciones claro está; pero la mayoría de los que se han quedado ciegos aprovechan su sentido de orientación y de la intuición para dedicarse a actividades diversas como la meditación, la consejería o a buscar vaquitas cambray. Esa última no es una actividad exclusiva de los guías ciegos o de visión desmejorada, sino también de guías en pleno uso de sus facultades fisiológicas y locomotoras, y en menor medida de aficionados que intentan (casi siempre en vano) cazarlas para su uso personal o para canjearlas por dinero, bienes o servicios varios.

    La posibilidad de encontrar una vaquita cambray en el camino se considera un aliciente, una muelle compensación frente a las duras tribulaciones que entraña este tipo de viaje en fuga. Las vaquitas cambray suelen hacer sus nidos en el interior de cuevas y edificaciones abandonadas, troncos huecos y cualquier otro intersticio donde puedan acomodarse para no ser molestadas. Por lo general, son muy solitarias y solo se les ve juntas durante los episodios de apareamiento, ritual que suelen realizar en grupos de cinco, en una proporción que por lo regular es de dos hembras y tres machos, o de tres hembras y dos hermafroditas. A pesar de que dos miembros (macho y hembra, o cualquiera de estos con un hermafrodita) son suficientes para lograr una reproducción exitosa, las vaquitas cambray están programadas para aparearse en grupo, en sesiones arduas y sensuales que pueden prolongarse muchas horas. Este es el mejor momento para darles caza, pues se encuentran más expuestas y entregadas a un placer desbordado. Dado que no siempre coinciden en cantidad y proporción de vaquitas necesarias para el coito (quizá sea más apropiado hablar de los coitos), no es usual presenciar apareamientos. Esto las libra de ser presa fácil de caza, al tiempo que se reducen las posibilidades de replicar sus genes. He allí un sutil equilibrio que mantiene su población relativamente estable.

Cuando no se están apareando, las vaquitas cambray deambulan solitarias y la mayoría de sus días transcurren en estados de hibernación nerviosa: sueños telúricos de los que no se pueden despertar a pesar de su aparente esfuerzo por abandonar las pesadillas que las abaten.

El origen de las vaquitas cambray es resultado de una manipulación genética exitosa de la variedad de bóvidos conocidos como vacas, a las que son muy similares en su constitución y forma. Aunque las vaquitas cambray no miden más de cincuenta centímetros, su peso resulta descomunal: pueden alcanzar hasta los 190 kilogramos. Sus patitas, terminadas en pezuñas minerales, son muy pequeñas, así que la locomoción de las vaquitas consiste en arrastrarse, actividad que casi exclusivamente realizan para buscar alimentos o cuando huelen otras vaquitas con las que entregarse al placer. Sus hábitos alimenticios son frugales; les basta con unos pocos insectos, bayas o cualquier yerbajo para lograr una nutrición saludable.

Su diseño permite que puedan pasar varios meses practicando una forma de autofagia. Esto se debe a su benigna constitución genética que consiste en el desarrollo de una musculatura magra formidable durante las primeras semanas de vida. Pueden durar años alimentándose mediante este proceso, y realmente solo necesitan proveerse de alimentos tras una de sus sesiones orgiásticas que no solo las debilita: luego del frenesí se vuelven hurañas y se separan irremediablemente.

Cuando alguna fuente de placer sexual requiere un desplazamiento relativamente largo (un kilómetro o más) el riesgo de ser cazadas es un mal mucho menor en comparación al desgarramiento que sufren sus ubres, panza y genitales. A excepción de las criadas en cautiverio, las vaquitas cambray suelen tener una sempiterna costra purulenta en las partes mencionadas. Durante las jornadas de apareamiento el dolor de sus pústulas se confunde o se mitiga con la euforia del acto sexual; acaso la combinación de ambas sensaciones no es dolor ni placer, es otro vocablo que transciende ambos umbrales y que a los seres humanos nos resulta inconcebible.

Las sesiones de amamantamiento no son menos dolorosas; por suerte para la vaquita cambray madre, este periodo dura muy pocos días. Su calostro abundante, espeso, rico en nutrientes y proteínas resulta suficiente para activar el proceso anabólico que en pocas semanas les dará a las crías el peso y la musculatura concentrada que caracteriza a las vaquitas cambray. Su destete es el rompimiento del lazo filial, y aunque algunas veces ocurren pugnas para decidir quién se queda en el nido, es poco común que la madre o la padre-madre (en el caso de las hermafroditas) abdique sin dar batalla; así que casi siempre son las pequeñas crías quienes terminan retirándose en busca de un nuevo refugio. Durante los primeros días de su alumbramiento (vienen de a dos o tres en cada camada) las vaquitas cambray son tan pequeñas como la palma de una mano. Al nacer, sus extremidades son lo suficientemente largas y robustas para sostenerlas en pie, así que podrían correr con relativas comodidad y velocidad, incluso con libertad y alegría, pero rara vez lo hacen porque están codificadas para posponer esa capacidad de locomoción para más adelante, justo cuanto no podrán hacerlo debido a su rápido aumento de peso y el debilitamiento de sus patas que no evolucionan en tamaño. De allí acaso el talante melancólico de las vaquitas cambray, solitarias, bajo escombros, recordando una inexistente edad dorada de trotes y galopes, de panza aterciopelada y de un horizonte que las esperaba con los brazos abiertos.

La caza de las vaquitas cambray es una actividad relativamente nueva. Hace no mucho, hacia el final de la segunda guerra vládika, era común que las vaquitas cambray se consideraran seres perniciosos propagadores de la peste y de otros males; se les rehuía sin titubeos, al punto de abandonar y quemar edificaciones enteras si se descubría o sospechaba de la existencia de un nido en el interior o en las inmediaciones de estas. Fue más tarde (consecuencia natural de la guerra y luego de las minas) que su caza derivó en un oficio que poco a poco se volvió lucrativo. Un indicio aún empleado para ubicar nidos de vaquitas cambray consiste en el rastreo de sus excrementos: sólidos, tersos, muy alargados y de formas exuberantes. Ellas realizan sus deposiciones con poca frecuencia; cuando les toca hacerlo, se alejan de su nido, principalmente por razones de salubridad. Una vez han tomado distancia de este se arrastran –apoyándose ahora en la quijada y en sus pezuñas delanteras para liberar un poco el peso de sus partes posteriores– al tiempo que proceden a la liberación lenta y serpenteante de su excremento. Esta actividad puede demorar horas y el resultado consiste en deposiciones de una sola pieza, muy delgadas pero de hasta nueve metros de largo. Dependiendo del terreno y de las condiciones atmosféricas, la forma de dichas excrecencias puede ser plena y alargada, errante y ondulada, introspectiva y espiral, concreta y circular, afirmativa y zigzagueante, mayestática y monticular.

Unos pocos creen que ese despliegue de formas es un lenguaje que emplean las vaquitas para comunicarnos sus pesares, sus miedos, sus anhelos y también (en la paranoia positiva de relacionar cualquier cosa con las minas y los mapas) un lenguaje previamente codificado por los ingenieros genéticos consistente en pistas sobre rutas seguras para evadir los caminos minados. Pese a lo descabellado de esta idea (posible eso sí, como muchas otras en Vladik), la sapiencia popular comenzó a considerar a las vaquitas cambray como indicadores de rutas libres de minas antipersona. Se les intentó emplear como animales guía, pero su desesperante paso de tortuga solo cosechó fracasos que en muchos casos dieron pie a minúsculos poblachos asentados en medio de la nada. Luego de este fiasco, los animalitos pasaron a considerarse objetos sagrados, amuletos para aventurarse a buscar las fronteras a pesar de lo que implicaba portar su pesadísimo fardo. Es probable que este contacto cercano (sumado a la cada vez mayor escasez de recursos) haya sido el eslabón químico que permitió empezar a considerar a las vaquitas cambray como una posibilidad alimenticia, por lo demás con un valor nutricional muy elevado.

Así parecía cerrarse un ciclo, ya que el objetivo original para el que estos rumiantes en miniatura habían sido diseñados y cultivados en granjas no era otro que garantizar la seguridad alimentaria de manera masiva y económica. De una sola vaquita cambray se puede obtener sustento para varios meses si se almacena apropiadamente. Su carne, que apenas requiere de condimentos, es bastante fibrosa, provee al paladar impresiones ligeramente amargas, con notas ácidas, texturas minerales y frutales. Hay consenso en describir su sabor como nervioso. Resulta estéril dedicarlas al ordeño, pues la porción de leche obtenida tras el calostro es mínima; además, sus ubres son tan delicadas que solo unas muy entrenadas manos de niño podrían emprender con éxito dicha tarea. El cuero de las vaquitas cambray es elástico, pero muy poco resistente, así que no resulta de provecho. Es blanco moteado con patrones negros como los de sus antepasadas bovinas ya extintas, con quienes convivieron en algún momento. A los bóvidos naturales les resultaba insoportable la presencia de las mansas vaquitas cambray. Su olor, incluso a muchos metros de distancia, inquietaba sobremanera a las reses, al punto que acusaban un horror mayor al que experimentaban cuando se las conducía al matadero.

Otra ventaja de las vaquitas cambray es su elevado umbral del dolor que permite la disposición de sus partes comestibles sin causarle tormento al animal y sin tener que sacrificarlo en caso de que no se disponga de un método de refrigeración para conservar la carne que no se consumirá en el corto plazo. En este caso hay que proceder a la cauterización de la zona mutilada para evitar la podredumbre en vida del espécimen. Sobre este punto algunos piensan que las vaquitas cambray no tienen un umbral del dolor alto, sino que carecen de las conexiones nerviosas apropiadas para exteriorizar los terribles dolores que sienten cuando son consumidas de a pedazos o durante sus lacerantes desplazamientos.

Una de las provincias de Vladik se llama, o llamaba, Cambray, pero las vaquitas cambray nada tienen que ver con aquella región cuya única actividad relevante eran sus telares, molinos y producción de sepulcros.

TRES

Habrían pasado tres tercios de una hora cuando a lo lejos Zoran escuchó la apariencia de una explosión. Quizá era un trueno: a lo lejos pesadas nubes grises se embestían como paquidermos moribundos.

Zoran creía en las minas con una certeza más bien floja. No era un negacionista: jamás se habría aventurado en solitario sin un guía equipado de mapas, pero admitía la posibilidad de que las minas no existieran realmente.

Aunque no creyera en ellas, el resultado colateral de las minas se manifestaba en la vehemencia de Zoran por querer salir de Vladik a toda costa. Una meta absoluta y sin consecuencias. No había para Zoran un más allá después de cruzar la frontera; no se trataba de descubrir algo o empezar de cero. Al igual que muchas especies animales que cumplen su misión de vida en migraciones insensatas y actos reproductivos, Zoran había sido programado para esa única función, y una vez llevada a cabo podría echarse a morir. Su huida era como las frenéticas carreras de perros en las que los canes se mordían unos a otros para posicionarse en los primeros lugares de la estrecha pista; pero una vez que llegaban a la meta, se detenían, se echaban al suelo y ya no había forma de que se levantaran o que volvieran a correr jamás otra carrera. Entrenados para una única competencia, se dedicaban luego a morir de hambre y de hastío. No había estimulante que los levantara. Por eso sus entrenadores, una vez que habían cobrado el saldo de las apuestas, les pegaban un tiro y allí los dejaban como cortesía para los desfavorecidos que quisieran aprovechar algo de su magra carne. ¿Pero quién le haría la compasión a Zoran de pegarle el tiro de gracia una vez que hubiera llegado a su meta?

El inédito sonido de la supuesta explosión de una mina era para Zoran el equivalente de la mano nocturna que se posa en el hombro del incrédulo cuando se encuentra solo en su habitación. A las primeras de cambio la mano produce un temblor fisiológico, pero al rato el escéptico se las ingenia para incorporar la narrativa de la mano misteriosa al corpus lógico de sus creencias.

Hasta entonces Zoran nunca había visto u oído estallar una mina; para él la existencia de estos artilugios se limitaba a historias que le habían contado otros compañeros de viaje que habían perdido a alguien o se habían salvado por un pelo.

Aunque haya sido un trueno o una mina despertada que desde lejos reclamaba el reconocimiento de su existencia, Zoran permaneció paralizado junto al guía. Seguía sin poder moverse, sus músculos se habían rebelado contra sus débiles instrucciones neuronales o habían fingido una rebelión, y en realidad su organismo y espíritu estaban de acuerdo en que se quedara allí tendido, pues de cualquier manera era inevitable un final como el del guía, como el de todos. Tarde o temprano iba a llegar a ese punto, y si tardaba mucho no tendría nada con que llenar ese lapso: puro vacío. Lo mejor, decían sus conexiones neuroquímicas respecto a su marioneta Zoran, era abandonar toda esperanza aquí y ahora.

Si acudían hienas o zamuros no harían distinción entre el cuerpo del guía y el de Zoran: carroña muerta y carroña viva. De hecho el del guía, debido a su cabellera larga que el viento revolvía, parecía con mayor disposición a la vida que su acompañante.

A Zoran le pareció ver una caravana en la distancia; más bien la intuía a contraluz. Quizá se trataba de lobos viejos que avanzaban con pereza o culos de hormigas magnificados por algún efecto del hambre o de la luminiscencia sobre la línea del horizonte. También podía tratarse de basurita metida dentro de sus ojos o más adentro aún.

"Todo eso puede ser, pero lo más probable es que se trate de una caravana. Tuve razón en quedarme. Les diré que soy médico", ideó con una ligera dosis de entusiasmo.

No era un fingimiento descabellado; de la falsa médico, Zoran había aprendido bien los gestos y frases que le dan credibilidad al oficio, así como las excusas siempre achacables a la falta de instrumental, a las condiciones higiénicas y a los insondables caprichos del destino.

Las caravanas van y vienen sin que ninguna tenga garantía de marchar en la ruta correcta. A veces ocurre que un miembro de una caravana pequeña se une furtivamente a una más grande con la esperanza de que ésta lo lleve a buen puerto. Y aunque es cierto que dos rutas antagónicas pueden desembocar en una conclusión satisfactoria, se trata de una posibilidad muy remota: en el fondo el desertor apuesta a que su antiguo grupito perezca a costa de que el nuevo lo empuje sano y salvo hacia las afueras de Vladik.

Las caravanas antiguas se hacían en automóviles o con animales de carga e implicaban el traslado de un numeroso patrimonio mueble. Con el tiempo se fueron aligerando. Ahora se hacen con las manos casi vacías, sin mayor pretensión que cruzar la frontera.

Hay dos tipos de viajeros: los que tienen la idea de hacer una nueva vida lo más lejos posible de Vladik y los que solo huyen, en una fuga reactiva, no propositiva. Llegar a otro lugar versus salir de este. Ambos movimientos entrañan una misma acción, la de cruzar la frontera, pero cada uno le imprime un talante diferente a las aventuras o desventuras del viaje. Independientemente del propósito, no todos tienen algo que llevar consigo. Muchos van adquiriendo más objetos durante sus peregrinaciones que los que han llegado a atesorar toda su vida previa. Salvo las pequeñas prendas simbólicas (un guardapelo, una pluma, un anillo), los miembros de una caravana veterana cultivan el desprendimiento. Se dice que cuando una caravana finalmente arriba a una frontera de Vladik todos sus integrantes estarán ya despojados del más mínimo exceso, y acaso de la voluntad de dar el paso decisivo que los termine de llevar al otro lado.

Las caravanas multitudinarias de hace décadas ya no existen; una grande, hoy en día, consiste en un puñado de no más de doce personas; una pequeña se compone de dos miembros más el guía. Lo común es que en el camino se terminen sumando nuevos miembros a las caravanas en curso; no se les admite por caridad ni por hacer más llevadero el trayecto (a veces es todo lo contrario), sino para aprovechar a aquellos que puedan resultar útiles durante la ruta o en la nueva vida allende la frontera. Médicos, sacerdotes, genetistas, mecánicos, sastres, tarotistas y herbolarios son los oficios más requeridos. Andar en grupo sirve también para minimizar el riesgo y compartir la desgracia en el caso de pisar una mina o de encontrarse con una caravana potencialmente adversa, es decir, una necesitada de insumos.

Aunque casi todos los miembros de una caravana pueden abandonar la suya para unirse a otra, dos caravanas no se suelen fusionar, al menos no sin hiperbólicos episodios de violencia. Los mapas siempre pertenecen a un individuo, no al grupo, y solo puede haber un guía. Tener dos guías ha de resultar, sin duda, un desconcierto más desventajoso que provechoso. Cuando ocurre que todos los miembros de una caravana se pliegan ante otra que ha sido capaz de hacerse con todos los mapas, uno de los guías se debe quedar solo. Es lo que se conoce como la orfandad del guía.

A pesar de lo solitario del oficio, los guías son un gremio colaborativo. Suelen intercambiar entre sí ideas, experiencias, temores y pesares, todo eso fuera del campo. En plena faena no conviene debatir; sus largas especulaciones inevitablemente desembocarían en la esterilidad, en extravíos y finalmente en decesos. Por lo demás, un único guía resulta suficiente. "Que nunca nos aflija la pesadumbre por no haber elegido otra posibilidad que podría haber sido mejor": es una de esas tantas convenciones no escritas que se convirtieron en ley de vida.

En las caravanas de antes y en las de ahora el guía casi siempre avanza a la vanguardia a unos pocos metros de distancia. Cuesta confiar en guías que indiquen el camino desde la retaguardia, pero hay guías de esa calaña. Por lo general su precio es mucho más asequible, y el riesgo es mayor para el grupo. Eso sí, hay que acotar que si se trata de una mina de efecto retardado quien va detrás es más proclive a sufrir las consecuencias. De ahí que, en el fondo, más allá de las convenciones, no es tan importante que el guía vaya adelante como que vaya muy cerca del grupo. Todos o nadie.

Tras el fracaso de una caravana suele ocurrir que los viajeros varados en un punto de Vladik, que se sospecha cerca del centro, desistan de la compra de mapas y de la búsqueda de guías. Olvidan el viaje y se instalan en ese nuevo pedazo de territorio, agradecidos de no haber padecido las consecuencias de alguna explosión. Si se está en un lugar donde no ha estallado una mina, es legítimo considerar que lo más prudente (después de haber fatigado caminos interminables) es quedarse quieto, ponerse a salvo y olvidarse que existe una frontera y un más allá.

La caravana que Zoran había creído ver a lo lejos no era de hormigas culonas ni de lobos seniles. Era una cuadrilla humana que aparentemente avanzaba bailando, una danza primero alegre que luego la cercanía iba revelando como macabra, o quizá era al revés.

Cuando las cabezas aún difusas por el contraluz estuvieron a pocos metros de distancia, Zoran gritó primero con un cuarto, y después con tres cuartos de sus fuerzas:

"Soy médico. Soy médico".

Le sonó ridículo haber repetido la frase. No sabía qué agregar al escueto plan que había prefigurado: presentarse como médico en la próxima caravana para que lo aceptaran en sus filas. La frase repetida clausuraba su discurso de presentación; así que consideró no añadir nada más hasta que le respondieran.

"Nosotros no. Nosotros no", le replicaron las cuatro cabezas, un eco burlón al que siguieron risas estrepitosas.

Cuando le hicieron sombra, Zoran se dio cuenta de que no se trataba de una cuadrilla de personas, sino de una dupla de decapitadores cuyas hachas apoyadas en sus hombros le habían parecido dos cabezas más. Eran una niña algo crecida y un hombre mayor y fornido que por la edad podría ser el padre de ésta.

"Aquí huele a guía. Y apesta", le dijo la niña a su acompañante, quien parecía mucho más noble que la amenazadora pequeña.

Ella hizo la pantomima de vomitarse y aquél la imitó, pero de manera torpe, como si la representación de la representación implicara un menoscabo de la imagen del acto original.

Las brigadas de decapitadores –ya casi extintas, pintorescas cuando se las piensa desde lejos– son un vestigio de los antiguos celadores de Vladik dedicados a contrarrestar el auge de los guías. Por ley y tradición un celador tenía el derecho y el deber de inhabilitar a un guía a través de todos los medios posibles. Solían infiltrarse en las caravanas, se ganaban la confianza del grupo y durante la noche liquidaban al guía. El arte del celador consistía en ser sigiloso y errabundo; su éxito se basaba en sus maneras simples y en su capacidad de improvisar con los elementos del entorno. Como suele ocurrir, la conciencia de gremio tendió a borrar el estilo personal mediante la unificación de herramientas y técnicas.

Es probable que el empleo del hacha por parte de los celadores haya calado hasta el punto de volverse parte de la heráldica de su oficio debido a que las rutas preferidas por los guías de ese entonces eran los bosques occidentales. Allí los celadores se confundían entre los leñadores para infiltrarse en las caravanas y derribar a los guías. Otra explicación posible sostiene que los celadores fueron dotados de hachas por la burocracia del Estado debido a alguna licitación turbia y de fines inciertos en donde se adquirieron tantas de estas herramientas que hubo que desahogarlas de algún modo.

En cualquier caso, el instrumento de trabajo caló tan bien en la eficacia del oficio y en el imaginario colectivo que comenzaron a llamarlos decapitadores en vez de celadores. A fin de cuentas, no podría ser otro el efecto de un hacha sobre un cuerpo que el de separar el tronco de su cabeza. La decapitación también, inevitablemente, derivó en otro gesto natural: llevarse consigo el suvenir de la cabeza del guía: trofeo de caza que mejoraba la valía del oficio al darle aires de competición. Pese a sus maneras toscas y apariencia sucia (o precisamente a causa de ello) los decapitadores eran el modelo de héroe de la segunda posguerra. Ni los aviadores, ni los sembradores de minas, ni los rebeldes guías fueron modelos tan inspiradores entre los jóvenes desocupados y desamparados como lo fueron los decapitadores. Niños y niñas ansiaban un hacha, la fingían mediante el ensamblaje de escombros. El supuesto modo de vida de los decapitadores se promovía como ideal: la libertad de recorrer y limpiar caminos, la recompensa, el honor, la acumulación de trofeos expresivos, la fama. Para la mayoría de quienes se iniciaban en el oficio las expectativas se diluían durante los entrenamientos preliminares. Incluso decapitar un animal pequeño entrañaba dificultades que requerían años de aprendizaje, mucha práctica y un instrumento de buena índole. Y no abundaban ni los maestros ni los instrumentos medianamente aceptables. Hacerse de una hoja acerada de calidad era ya un reto en sí mismo, una trama que se complicaba en sus propios vericuetos sin garantía de resolución. Cortar cabezas con una hoja mellada y mal cuidada no tenía nada de épico; era un trabajo sin sutilezas o elegancias, más parecido al de un matarife que extermina a puntapiés una vaquita cambray.

Hacerse con una cabeza mediante un corte suficientemente limpio como el que mostraba la propaganda oficial era una tarea ardua; había que golpear con fuerza y precisión en los puntos exactos; la mayoría de las veces ocurría que un golpe errado revelaba la papilla del cráneo antes de separar la cabeza de su torso. Nada que ver con aquellos afiches de decapitadores robustos que exhibían en sus garras tropicales la cabeza límpida y melancólica de un guía, mientras el palo del hacha reposaba en su hombro y su mirada se dirigía hacia la bandera vládika. El mérito de todo ello era, en todo caso, de los propagandistas que procuraban inspirar devoción por el oficio no solo para erradicar o frenar la proliferación de guías, sino porque había que tener ocupados a los súbditos en alguna actividad grandilocuente tras el descalabro industrial y financiero causado por las guerras recientes. Para ese entonces el Estado mismo había perdido la ferocidad de su filo y unos locos aventureros con hachas y banderines no lo iban a componer, tan solo podrían prolongar la ilusión de su poder unas cuantas generaciones más.

Hoy los decapitadores, aunque aún conservan antiguas hachas heredadas y otras nuevas de mala factura, deambulan no en busca de cabezas, sino de alimentos, coltán o vestimenta. Ocurre que si se topan con un guía indefenso amagan el ritual de decapitación, pero lo esbozan con el mismo fastidio que un jaguar se espanta las moscas con la cola. El gesto no es un mero acto reflejo, se trata sobre todo de una imagen que ellos sienten deben perpetuar y a la cual necesitan aferrarse. Su oficio, como muchos otros, es un eco de identidad que los mantiene con los pies en la vida. Si olvidaran el vestigio del pasado que les dio nombre y forma, si no heredaran sus hachas y el burdo repertorio de movimientos del instrumento, probablemente se empezarían a derrumbar como ocurre con los robles podridos de un bosque cuando deciden desplomarse al mismo tiempo.

En Vladik no hay otro destino posible para una decapitadora, un adivino, un guía, una matemática, un ajedrecista, una sacerdote, un excavador, un arquitecto o un titiritero que seguir siéndolo durante toda su vida, aunque la eficacia y necesidad de su oficio haya mermado hasta la inutilidad. Lo contrario sería actuar como Zoran, pasársela fingiendo de papel en papel, sin un arraigo en la vida, con unas máscaras prestadas que siempre le quedaban muy pequeñas o demasiado grandes.

La pequeña decapitadora bajó al suelo el peso de su hacha y la tierra se hundió unos centímetros. Requisó a Zoran, le quitó su moneda, una cantimplora vacía, el encendedor, la pipa, y le ordenó que se levantara. La hoja gruesa, oxidada y sin filo no parecía servir ni para cortar la blanda carne de una rana, mucho menos para desprender una cabeza humana de su torso. Aun así intimidaba. Era letal si se la dejaba caer con suficiente fuerza sobre cualquiera de los muchos puntos débiles que abundan en nuestro cuerpo.

El decapitador mayor refrendó las palabras de la pequeña con un gesto severo que no le salía natural. Como la mayoría de sus ademanes, ese también parecía aprendido tras largas sesiones de práctica hasta que había conseguido la mejor versión posible que aún lucía artificial.

La rebelión de los miembros y neuronas paralíticas de Zoran cesó ante la orden de la decapitadora. Basta la exhibición de un viejo palo con terminación metálica para doblegar la voluntad de un cuerpo que había decidido claudicar. No es un falso nuevo descubrimiento del hilo negro, se trata de un viejo principio vládiko: el habitante de todo cuerpo no es más que un titiritero mediocre en comparación con la ley impuesta por los dedos recios del poder.

A su pesar, Zoran empezó a incorporarse, músculo por músculo y articulación por articulación, como si en ese breve lapso de postración hubiese perdido el automatismo de los movimientos y ahora tuviera que ejecutarlos paso a paso en un orden tan lógico que le resultaba complicado asimilar. Además del miedo inicial, sintió también celos de que la niña y su hacha tuvieran más preminencia sobre sus propias funciones motoras que él mismo. Pero si antes estaba inmóvil como un muerto, y ahora tenía movilidad y por tanto vida, entonces el miedo era absurdo, ¿no?, pensó. Aun así no podía espantar del todo esa sensación cerval.

"Hueles a guía; por tanto, guía has de ser", le dijo la decapitadora.

Su argumento era irrebatible justo por su sinsentido lapidario que, sin embargo, ella misma hizo el esfuerzo de cuestionar:

"Ahora bien, este de acá también huele a guía, pero no parece estar en condiciones de explicarnos su olor y condición. No es común encontrar dos guías juntos en el camino. ¿Qué piensas tú?", le preguntó a su compañero, que tras un gruñido analítico se dedicó a mirar los pies de Zoran y luego los pies del cadáver.

"Tenemos dos hachas, una para cada uno", dijo el decapitador mayor.

Aunque Zoran desconocía en detalle la antigua relación entre los decapitadores y los guías, podía inferirla. El resultado que podía esperarse de este encuentro era bastante cercano a las antiguas historias que se contaban sobre los decapitadores y sus vitrinas de cabezas tratadas por taxidermistas.

"Soy médico, soy médico", repitió Zoran su estribillo. Esta vez la repetición la hizo de manera consciente, no quería contradecir la forma como la había dicho la primera vez.

"No hace falta la reiteración solo porque seamos dos", le alivió de su culpa gramatical la decapitadora, quien había interpretado las repeticiones de Zoran como una cortesía discursiva hacia la pareja.

Un poco más aliviado a causa del establecimiento de reglas comunicativas, Zoran se atrevió a proponer una explicación que deslindara su identidad de la del guía muerto. Levantó las manos y les dijo:

"Voy a quitarme mis botas y podrán ver que no las tengo cosidas a la piel como los guías".

Después explicó con exceso de detalles los movimientos que iba a realizar mientras los decapitadores bostezaban en señal de asentimiento.

Se quitó sus botas y calcetines sin mayor dificultad. Movió sus pies, sus dedos renegridos de suciedad y les enseñó el interior de las botas tal como hacen los magos para demostrar que no hay trampa en el truco.

El decapitador aceptó la demostración, pero la pequeña señaló los pies del guía. Zoran entendió que debía efectuar el mismo procedimiento con las botas del tendido. Exageró la fuerza que le imponía a la maniobra, si seguía forzando le iba a desprender toda la piel del pie o una pierna completa al cadáver. Sin mediaciones, el decapitador elevó su hacha al cielo. Su hoja, inscrita dentro del manchón de una nube, mostraba un filo tenue, muy diferente a la roma cuchilla de la de su compañera. Dejó caer la cabeza del hacha por delante de la cabeza de Zoran. La curva de su recorrido concluyó en el calzado del cuerpo del guía, a la altura de su astrágalo, a pocos centímetros de donde Zoran le aferraba la bota. El calzado y su contenido se desprendieron de la pierna con un corte limpio y un crujido que recordaba el sonido de una caminata sobre suelo otoñal.

"Fallaste, pero por poco le atinas", dijo en broma la pequeña a su compañero, quien, perplejo, no pareció entender la intención del comentario. Zoran tampoco captó la inflexión irónica. A la espera del siguiente hachazo, entregó su mirada al suelo para que su nuca ofreciera un ángulo más propicio a un corte limpio, menos doloroso.

La pequeña tomó el pie desgajado y lo examinó con la mirada que un pescador le dedica al pez moribundo que acaba de sacar del mar.

"Más que la costura, es bárbaro el resultado de la cicatrización. Ambas pieles parecen un mismo tejido, como los ríos del sur cuando coinciden y forman un solo caudal de dos colores", dijo ella en voz alta para sí, verdaderamente sorprendida por ese arte inédito para sus ojos.

Después de memorizar la bota y el pie cosido a esta, la pequeña la arrojó con displicencia. Le ordenó a Zoran que se volviera a calzar las suyas y que se pusiera de pie.

Abandonaron las dos partes del cadáver: si es que había otro mundo, el guía lo habría de transitar con los ojos cerrados y brincando en un solo pie.

Hicieron avanzar a Zoran adelante mientras le daban instrucciones de la ruta a seguir, así como las advertencias de rigor en caso de que intentara escapar. Mientras avanzaba, Zoran pensó que al menos ya estaba resuelto el *trilema* y era esa la tercera vía, el camino distinto al que habían tomado los bandos del grupo recién dividido. Como en todo camino habría bifurcaciones de ruta y de sentido que debería elegir en su momento, pero por lo pronto obedeció las instrucciones sin preocuparse por lo que habría de decidir más adelante.

"Veamos cómo se desenvuelven los acontecimientos antes de intentar torcer su rumbo", se dijo muy sereno, como siempre que hablaba de sí mismo en esa forma del plural.

CUATRO

La noche y el frío cayeron de golpe, sin transiciones retóricas. Perplejidad para Zoran, pero no para los decapitadores, que ya estaban bien adaptados a las inconsistencias meteorológicas de *raccord* en esta zona de Vladik.

Los decapitadores avanzaban detrás de Zoran, a quien sus indicaciones le llegaban desde una distancia imprecisa. Cuando pasaba un tiempo sin escuchar ninguna instrucción, él se detenía y se daba la vuelta para comprobar que sus captores seguían a su zaga a pocos metros de distancia. Las circunstancias lo habían convertido temporalmente en un guía, no por fingimiento voluntario, sino obligado a serlo. En esa situación era más difícil la representación, pues no estaba obligado a simular el conocimiento del oficio (como una falsa médico, o un falso domador), sino más bien a declarar su inutilidad a cada paso.

"Soy médico, soy médico. No sé cómo hacerle de guía y es un peligro para todos que yo vaya adelante", empezó a repetir a cada tanto.

"Si vuelves a decir que eres médico mi amigo te va a cortar el escroto y la punta de la lengua; todo en un solo movimiento", le advirtió la pequeña.

El ultimátum, dicho con la calma de quien lo sabe cumplir sin titubear, surtió más efecto que la tradicional y vaga amenaza de muerte. La muerte y sus formas verbales suelen ser una idea siempre abstracta que solo empieza a tomar forma cuando se piensa en los detalles de sus causas o sus consecuencias. Así que Zoran obedeció, pero redobló sus pensamientos.

"Si por puro azar hago bien este papel, todos sobrevivimos; puede que me consideren un auténtico guía y los decapitadores sentirán que deben desahogar sus instintos con mi cabeza. Si lo hago mal, todos explotamos; y puede que eso sea lo más justo. También podría fugarme, pero no ahora; mejor esperar a que se confíen y reduzcan la vigilancia. Además, aunque soy su carnada para cualquier posible mina, ellos conocen mejor el territorio, saben dónde encontrar agua y fuentes de comida. Ahora, si es verdad que las minas no existen, todas estas posibilidades, todos los argumentos y sutilezas con las que hemos construido nuestras vidas se vuelven tan ridículos que lo más probable es que tengamos que ponernos a plantar minas de verdad para que nosotros o las venideras generaciones puedan encontrar algún sentido a toda esta pantomima", se dijo Zoran quien había fingido ser ingeniero de minas en otra caravana, y aunque no tenía gran conocimiento sobre el tema sí poseía una buena disposición para divagar sobre el asunto.

Así como iba, metido de forma honoraria dentro de la piel de un guía -aunque sin las costuras de rigor- cayó en cuenta de su ceguera absoluta para el oficio, de su falta de intuición y seguridad a la hora de pisar un camino desconocido sin nadie delante de él.

Acostumbrados a los guías que avanzaban a la vanguardia, los viajeros en Vladik no habían podido desarrollar un sólido instinto o conciencia del terreno. Eran meros copistas que nunca se habían aventurado a campo abierto a proponer un estilo propio. Esta experiencia era para Zoran como aprender a caminar de nuevo. O como si se estrenara en el recorrido de la cuerda floja a decenas de metros de altura. A pesar de sus momentos de escepticismo sobre la existencia de las minas, cada paso de esta ruta se asemejaba al gesto de apretar el gatillo de un revólver en la ruleta rusa, o incluso peor: aunque saliera victorioso a todas las vueltas del tambor, no vislumbraba buenas perspectivas con la pareja de decapitadores. Quizá el verdadero triunfo de la ruleta no estaba en eludir el tiro, sino en pegárselo en buena lid. Aun así, pese a que el destino le parecía oscuro, de momento Zoran prefería no explotar.

Cuando la espesura del bosque se cerró como un puño, Zoran descubrió que se sentía más cómodo andando con los ojos cerrados y los brazos extendidos tanteando el vacío horizontal. Se acostumbró en breve a ese nuevo estilo, a esa marcha acompasada en la que cada paso parecía significarle un triunfo. Era un sutil cambio de perspectivas entre "el próximo paso quizá me lleve a la muerte", y "este paso recién dado me llevó a la vida". Claro que una vida así, de intermitentes plenitudes, no era nada práctica, pero sus juegos o derivas filosóficos eran lo único que tenía a la mano en ese entonces para hacer llevadero el trayecto. Así iba, a trancos entre brevísimos lapsos de eternidades, cuando los decapitadores no le advirtieron de la inminencia de un robusto árbol y dejaron que Zoran se diera de lleno contra su tronco. Todos rieron. Todos menos Zoran.

"Un médico, un médico", gritó la pequeña decapitadora en falsete para hacer mofa del herido.

"Pues has escogido bien", prosiguió. "Este es el mejor lugar para que pasemos la noche.

Así que acamparon, es decir, se sentaron en triángulo frente a una fogata mínima que apenas daba calor. A Zoran lo ataron de pies y manos con nudos complicados, muchos de los cuales eran adornos o tramas que no tenían por qué resolverse.

La pequeña llenó las cantimploras en un arroyo cercano de agua picosa y el decapitador mayor dividió con sus manos una hogaza de pan en cinco partes y con el filo de su hacha produjo cinco delgadas lonjas de un trozo de fiambre. Comieron en silencio. La pequeña le dio el alimento en la boca a Zoran. A causa de la delgada luz trémula de la fogata a él le pareció que ella demoraba la trayectoria del bocado como cuando se alimenta a los niños diciéndoles que ahí viene el avión bombardero.

"Come. Es carne de vaquita cambray", le dijo la decapitadora.

Era la primera vez que Zoran probaba la carne del mítico animal. Como sospechaba que para un médico debía ser un alimento bastante común y corriente, hizo un gesto vago que daba a entender que por supuesto que la conocía.

La pequeña le contó algunas mentiras y otras verdades sobre estos animalitos. Omitió las partes de sus hábitos lúbricos, pero describió con detalle los procedimientos para la obtención limpia de su carne. El arte en el manejo del hacha era lograr hacer el máximo de cortes en la vaquita sin matar al animal. Es de muy mal agüero para los decapitadores dar el último corte que mate a la vaquita, así que las mantienen vivas lo más que se pueda, tratando de no tocar el corazón, el cerebro ni las arterias. Sin embargo, hay decapitadores sensibles que se compadecen del dolor no manifiesto de las vaquitas mutiladas y, a escondidas de los otros, les hacen el favor de sacrificarlas.

Zoran trató de imaginarse al animalito desbastado hasta el límite. No le produjo particularmente asco, más bien curiosidad sobre cómo los cuerpos, no solo de las vaquitas, tienen sus atajos para perdurar a pesar de la carencia de sus partes.

Cuando Zoran se disponía a pedir otra lonja de la exótica carne, comenzó a sentir la acción de sus jugos gástricos procesándola, entendiéndola, disolviéndola; el alimento desplegaba sus propiedades saciantes. Zoran experimentó un letargo digestivo como si se hubiese comido al menos dos gordos conejos; además sintió un ligero placer efervescente en la piel debido a las propiedades afrodisíacas de la vaquita cambray, cuyos efectos son mucho más potentes cuando no se está habituado a consumirla.

La decapitadora acusó la sensación que experimentaba Zoran, pero no quiso ponerlo en evidencia.

"Aunque estoy pequeña soy mayor de lo que aparento", le dijo a su prisionero como justificación a sus sensaciones epidérmicas. "Mira", agregó al tiempo que se arremangaba una de las pernas de sus roídos pantalones para mostrarle un torneado muslo carnoso y mucho más peludo que el del propio Zoran, unos vellos castaños y enroscados que evidenciaban que la chica había traspasado hacía tiempo el umbral de la infancia.

"Igual hice los votos sagrados, así que no debes temer por mí... por ahora. Me quedaré quieta como una piedra en el fondo del mar", dijo la decapitadora mientras se acariciaba su espesa y sedosa pelambre.

El decapitador mayor comía ausente. Cualquier asunto lúbrico o de contenido no literal escapaba a su comprensión y a su interés.

Una vez que le disminuyó el deseo, Zoran recobró conciencia del contexto, de las sogas que lo inmovilizaban. Sin intenciones ocultas, más bien como mero acto informativo, le replicó a la pequeña decapitadora.

"Mi madre también hizo los votos y acá estoy".

"Hay que saberlos hacer. Es lo que he estado aprendiendo. Primero el rigor y luego los atajos, no al revés", dijo la pequeña, quien se tomaba bastante en serio el tema.

Ya Zoran no sentía ningún picor sensual, solo la molestia renovada en los brazos y las piernas por la postura en que lo habían atado. Deseaba revivir el efecto que le produjo la carne de vaquita cambray pero en su estómago no le cabía ni un bocado más. La naturaleza era sabia por haber creado a unos genetistas tan sabios, se solía decir en Vladik cuando se hablaba de las vaquitas como alimento.

Zoran miró los otros trozos de pan y las lonjas sobrantes con curiosidad; no podía imaginar que ni siquiera el fortachón pudiera soportar un bocado más.

"Son para los profetas. Suelen andar por estos caminos y es de mal agüero no invitarlos a comer. Creo que no sabes nada sobre el bosque, ni nada sobre la vida", le dijo la pequeña.

"He estado en bosques, no en este, pero sí he recorrido bastante".

"Has repetido la misma experiencia una y otra vez. Es un recorrido vano el tuyo. Ustedes, con sus guías y mapitas, dan vueltas y vueltas pero creo que en el fondo no quieren salir, solo repetirse".

"Estaba cerca de salir hasta que ustedes llegaron. Ideaba un plan. Cuando no tenga estos amarres idearé otro".

En parte era verdad, solo que el plan que había ideado Zoran –el de esperar otra caravana– se emparentaba con el de la llegada de los desconocidos. El resultado de su plan era justo la situación en que se encontraba. Es lo que pasa con la vida, se puede decidir el tema, incluso se puede esbozar el argumento, pero nunca se puede anticipar la trama.

A pesar de la incomodidad, el cansancio pudo más y le cerró los ojos a Zoran hasta dejarlo dormido como un feto cautivo. Los otros también se entregaron al sueño, despreocupados. En todo caso quien debía temer que lo abandonaran, así amarrado y en medio del laberinto boscoso, era él.

Zoran se levantó de primero, cuando aún no amanecía. El fortachón dormía como un bebé, abrazado al cabo de su hacha, la pequeña lo hacía desparramada, roncando y con las manos pellizcando partes de su propio cuerpo como si fuera ajeno.

Las ofrendas a los profetas habían desaparecido. Zoran recordó de pronto que no estuvo dormido toda la noche, se había levantado porque no podía contener sus deposiciones. Se había ido dando saltitos rumbo a unos matorrales cercanos. Allí, aliviándose en cuclillas, había visto dos luces cuadriculadas que parecían dibujar patrones en el suelo. Con esfuerzo saltarín las siguió un buen rato, olvidándose de las minas, de sus captores y de los jaguares a los que pudo haber importunado. Había un poder hipnótico en cómo las luces parecían jugar entre sí, un espectáculo que tenía aires de competición entre cuál luz ejecutaba las maromas más estilizadas. Finalmente llegó a la boca de una cueva. A pesar de ir atado como un gusano se movía sin dificultad alguna; quizá se arrastraba, pero no lo notaba, solo percibía la ligereza de su desplazamiento. Dentro de la cueva un largo pasillo lo derivó en una recámara con mesones, pergaminos, libracos, lámparas de aceite, globos terráqueos que se contradecían, frascos con esqueletos de pez. En sendas sillas estaban sentados dos hombres barbados y vestidos con túnicas que habían sido blancas pero ahora estaban cubiertas de una capa de mugre.

El primero le dijo, sin introducción: "recuperación de un revés laboral, encuentro con pareja, cuidado con cuchillo afilado, barullos con dinero inesperado, sé tú mismo, despliega tus alas, el tiempo de dios es perfecto, incidente con herencia enterrada, la puerta de salida es la de entrada". El segundo le dijo, con introducción: "no le hagas mucho caso a este; es un resentido. Tú déjate llevar, es decir, no seas tú mismo, ten cuidado con las flatulencias, no toda larva ha de ser mariposa, no confundas lo lúbrico con lo afectivo, hay que doblarse para no partirse, no es buen momento para la depilación, la puerta de entrada es la de salida". Después se quedaron callados y profundamente dormidos, y por más que Zoran intentó despertarlos no lo logró. Pensó en quedarse allí hasta que despertaran, pero el frío gélido de la cueva se le hizo tan insoportable que decidió abandonarla y alejarse.

En el momento en que fueron dichas, las revelaciones de los arcanos le parecieron cristalinas a Zoran pero luego cuando hacía el camino de regreso las profecías comenzaron a entremezclarse de tal modo que no pudo retener ni los sonidos ni los presuntos significados. Le quedó solo una experiencia vacía, una confusa duermevela. Se durmió junto a las ascuas de la fogata y cuando despertó pensó en que aquellas profecías no podían ser un sueño, o que si lo eran, eran de otro tipo, no solo un nuevo género sino el producto de una nueva tecnología.

Reanudaron el camino. Desataron a Zoran y ya no le volvieron a colocar la venda en los ojos para avanzar más rápido.

Les tomó casi media jornada cruzar un vasto y cenizo territorio techado por espesas nubes plomizas y poblado de cadáveres de maquinarias, marañas de cables y resortes, paneles, trozos de tuberías, aspas, toneles, tiras de caucho, piezas fundidas, carcasas de plástico... un sinfín de chatarras ininteligibles de una o dos civilizaciones atrás. Entre la aparente quietud de los escombros Zoran percibió la presencia de una vida secreta allí camuflada: oscuros roedores e insectos cuasi mecánicos y pájaros de hojalata evolucionados a partir de las piezas de metal.

Sintió (especulamos) que su mundo, el de los seres humanos que se marchaban o perecían en Vladik, pertenecía a un pasado remoto y prescindible del que él y otros grupitos más de caminantes eran los últimos especímenes. Con un árbol –aunque lo golpeara–, con un jaguar –aunque lo mordiera– todavía perduraba un vínculo ancestral que lo hacía sentirse parte de este mundo; pero aquí, rodeado de ese sinfín de piezas de chatarra, no había nada que verdaderamente le recordara su pertenencia a la tierra.

Mientras andaban entre esos montículos y laberintos de plástico y metal se preguntó, por primera vez, cuál era la forma de las minas, si es que estas existían. Siempre se habla de ellas como de un alma sin cuerpo, pero su masa ha de tener un contorno, una textura, un peso. No son entidades divinas que manifiestan su enojo contra los hombres cuando son desafiadas. ¿Son similares a los restos de artefactos que los rodeaban? ¿Son esféricas, cúbicas, cónicas, tubulares, o consisten en una filigrana sutil que recorre el subsuelo como las arterias secretas de la tierra? Pese a su relativo escepticismo sobre las minas, Zoran decidió que su forma era toroide, como había aprendido en su infancia que era la forma de los antiguos dioses, unos que hacía mucho tiempo se habían marchado de Vladik.

Trató de apurar el paso con la cautela necesaria para no caerse y producirse algún corte, pero la decapitadora lo frenó.

"¡Ey! Más despacio, médico. Acá hay que ir mirando muy bien; con suerte y nos topamos con un tesoro o alguna pieza de valor", le dijo la pequeña, quien luego le arrojó una tuerca que le dio de lleno en la cabeza a Zoran.

No se le ocurría a él qué clase de tesoro pudiera haber allí. ¿Lingotes de coltán camuflados entre la oscuridad cenicienta de los elementos? ¿Un dispositivo con el mapa absoluto de Vladik? Miró con más énfasis, pero no creyó ver nada útil ni valioso. Si entre ese montón de basura había algún artilugio todavía funcional de una magia o tecnología extinta, él no era capaz de reconocerlo.

De nuevo sin transiciones, después de atravesar una muralla de árboles que parecían contagiados de la apariencia metálica del vertedero, salieron a un descampado limpio y luminoso. El suelo era ahora una alfombra de arena clara, y el cielo una bóveda de un pálido y uniforme azul cobalto que se fundía con la franja horizontal de la línea marítima.

A lo largo de la costa centenas de buques se balanceaban con pesadez, al ritmo de la respiración resignada de los mamíferos moribundos. Sus babas negras formaban sobre el agua una costra que el oleaje intentaba quitarse en vana rebelión, un ropaje pegajoso que producía en la arena vastas islas de un resplandor putrefacto en el que de tanto en tanto se asomaban picos de gaviotas, restos de plumaje, esqueletos de peces, la idea de una aleta. Todo ello desprendía un brillo torvo, como el de las baratijas expuestas en un mercado callejero bajo el sol del mediodía. De esos buques abandonados unos pocos habían encallado y sus cascarones ladeados parecían a lo lejos ciudades inconclusas, olvidadas debido a la insensatez de su construcción.

Zoran pensó que habían arribado a un punto final, es decir, que habían cruzado la frontera de Vladik y que aquel paisaje era el otro lado. No experimentó ninguna revelación ni sensación de euforia. Se preguntó qué debía sentir, lo cual es una manera de admitir que no se siente nada. Tampoco se sorprendió ante ese desconcierto, sabía que huía por huir y que la acción y no tanto la resolución era lo trascendente. Pero lo cierto es que cuando huía en las caravanas tampoco sentía ninguna trascendencia. Huir, llegar, salir daba lo mismo para él, todo era versiones de un no estar. Ahora estaba, creía él, del otro lado de la frontera. Pero en realidad sentía que seguía en el mismo lugar de siempre, ese rincón dentro de sí del que nunca saldría por más mapas, guías y caminos que agotara.

"¿Ustedes ya habían estado acá?", preguntó a los decapitadores, que tampoco parecían acusar ninguna emoción ante la supuesta salida de Vladik.

"Cállate y sigue, todavía nos falta un buen trecho", le ordenó la pequeña.

Continuaron bajo el sol ardiente de mediodía que de vez en vez era eclipsado por unos pesados nubarrones de formas casi geométricas. Después de un buen rato de andar en paralelo a la línea costera, vislumbraron las ruinas de varias edificaciones. Los decapitadores le indicaron a Zoran que se enfilara hacia ellas. A medida que lo hacían, la playa ya no les quedaba a un costado, sino a sus espaldas.

El aspecto lóbrego de las ruinas iba tomando consistencia. La guardia de sus captores parecía haber amainado, así que Zoran pensó que era ahora o nunca. Se detuvo, tomó aire, vio que los decapitadores parecían distraídos o amodorrados por el calor; empezó a correr, primero a su izquierda, paralelo a la costa, y luego en decidida dirección a esta. En las primeras zancadas se hundía en la blanda arena más de lo que avanzaba, pero a medida que se aproximaba a la playa la humedad del suelo le daba consistencia a sus pasos.

"Imbécil", dijo (no gritó) la pequeña, menos enfurecida que decepcionada por la forma de la huida.

Apretó su hacha por el mango, tensó su cuerpo para tomar impulso y de un movimiento preciso la arrojó en dirección a Zoran. El hacha dio una, dos, tres, siete vueltas; pasó silbando por encima de la cabeza de Zoran y cayó en la arena, muchos metros más adelante de la posición del prófugo. Al contacto del hacha con el suelo, Zoran fue frenado en seco por la onda expansiva de cinco explosiones en cadena, el suelo se movió como una ola que lo bañó con una capa de arena que le penetró los intersticios más privados.

El sonido fue muy distinto al que había escuchado cuando estaba junto al guía muerto. Si aquel sonido le había recordado la voz de un trueno, el de ahora era más bien un silbido agudo, ralentizado y deformado al punto que casi parecía la modulación de una frase. Su entorno también lucía falseado, no solo por la lentitud con la que parecía desenvolverse, sino a causa de la celosía de milimétricas piedrecillas que se le acumulaban y le ardían en las retinas.

Más que preocuparse y constatar si estaba ileso o herido, pensó en que aquella era su primera mina. Ahora estaba del otro lado, junto a quienes no podían darse el lujo de dudar de su existencia. Eso, y no la errada idea de que habían cruzado la frontera, era la verdadera revelación que le había preparado este lugar. Las minas finalmente le habían hablado, como la zarza ardiente en la montaña le habla a un profeta trastornado por el hambre y los alucinógenos. Las minas existían, abrieron frente a sus ojos la belleza de su flor. De un modo retorcido Zoran concluyó, casi aliviado, que todas sus desventuras estaban justificadas; es decir, no que los viajeros merecieran tales pesares, pero sí que al menos su causa era real y no otro de esos afligimientos imaginarios que solemos imponernos.

Algo debieron tardar en llegar a su lado los decapitadores para que Zoran hubiese tenido tiempo de pensar todo eso. Quizá no lo pensó en ese momento, sino que ya lo tenía previamente pensado en algún recoveco de su magín y los pensamientos solo le afloraron debido a lo propicio de la ocasión.

"¿Quién puede ser tan redomadamente idiota para ponerse a dar carreritas a ciegas en Vladik?", le recriminó la decapitadora.

Zoran tosía, ahogado por la aspereza de la arena, tenía los ojos, la boca y la garganta llenos de piedrecillas milimétricas, no veía nada y apenas podía respirar. Sus captores se negaban a perderlo justo cuando estaban tan cerca de su destino. La decapitadora amagó limpiarle los ojos y el rostro con el contenido de una de las cantimploras, pero se contuvo, no era prudente desperdiciar la poca agua que les quedaba. Así que vació el líquido de una en otra a medio llenar para así dejar un envase libre. Zoran no pudo ver a la pequeña bajarse los pantalones y las prendas interiores, ponerse en cuclillas y llenar la cantimplora vacía. Con el abundante, tibio y floral líquido la joven le limpió los ojos y le escanció en la boca a Zoran; él hizo buches que primero escupió y luego tragó hasta la última gota.

"Mi hacha, mira lo que me hiciste hacer. Desarmada y justo acá en el lugar donde la apariencia importa más que en cualquier otra parte".

"Las minas. Vladik. Allí. ¿Las oyeron? ¿Las vieron?", balbuceó Zoran, aturdido tanto por el impacto de la explosión como por el brebaje recién consumido.

El decapitador mayor lo tomó de la solapa de la chaqueta y lo arrastró el resto del camino como a un saco roto.

Antes de llegar a la primera de las edificaciones en ruinas pasaron bajo una hilera de al menos un centenar de astas de madera de unos siete metros de altura cada una, vacías de cuerpos pero aún con restos de correajes a lo largo de sus podridos palos. El decapitador estrelló a Zoran contra una de las astas, el médico sintió la madera helada a pesar del calor.

"Ahí es donde te deberíamos dejar, colgado para que los buitres te coman el escroto y la lengua... Si no nos reciben, ten por seguro que te vamos a empotrar en una de esas. Yo misma te voy a clavetear con el hacha que no tengo", le gritó la pequeña. Sin su instrumento estaba irritada, inquieta, como el fumador que no sabe dónde poner las manos cuando lleva tiempo sin un cigarro entre sus dedos.

Siguieron andando otro trecho hasta que finalmente llegaron a una edificación que, como las demás del lugar, tenía clausuradas con tablones y ladrillos todas las ventanas que daban a la costa, reforzando en Zoran la advertencia de la decapitadora de que en efecto el mar era un peligro. El interior del edificio era hueco, sin paredes ni columnas, un viejo galpón comido por el salitre al que le faltaban trozos de techo y de muros. Su interior no era oscuro, los rayos de luz que lo penetraban parecían venir de direcciones diferentes. Vacío de mobiliario, solo había una campanita colgada en una viga del recinto. La joven decapitadora dio un saltito y la hizo sonar una vez.

Después de un rato, dos hombres acudieron al encuentro de los visitantes. El decapitador manipuló a Zoran como a una marioneta —parecía querer demostrar que todas sus partes estaba bien unidas— y luego lo empujó a los pies de los dos examinadores. La pequeña sostenía el hacha de su compañero, pero cierta incomodidad en cómo la empuñaba daba a entender que no era la suya, un detalle que solo podía notar un decapitador o alguien que los conociera bien.

"Este no vale más de siete monedas", dijo uno de los hombres y se acercó a la pequeña para ponerle las fichas de coltán en la mano.

Zoran pensaba que debía valer más; nunca se había planteado cuál era su propio precio, pero le pareció que siete monedas de coltán era uno muy bajo. Y más le molestó que sus originarios captores no protestaran para demandar una cantidad superior, a fin de cuentas le había hecho perder su hacha a la líder.

Al menos debo valer cien, se dijo casi orgulloso.

Siempre alguien se las ingenia para llegar a acuerdos sobre el valor humano en monedas, tiempo u otro bien. El ser traducibles nos hace canjeables. Y no faltan maneras de calcular esa cifra. Incluso el centenar en que estimaba Zoran sobre su propio valor tenía una lógica: la cantidad de monedas que él pensaba que habían pasado por sus manos a lo largo de su vida.

"¿Los votos sagrados cómo van?", le bisbiseó a la pequeña el otro hombre, alebrestado por el aroma que el contenido de la cantimplora había dejado en el cuerpo y la vestimenta de Zoran.

"Veo que les falta una de sus hachitas. Hay que andarse con cuidado por estos lares", prosiguió. Y aunque no se atrevía a acercarse más a la pequeña debido a la presencia monolítica de su acompañante, le olió sin pudor y con alarde romántico el cuello a Zoran.

"Este es médico, así que vale más", respondió la decapitadora sin temblor alguno. Sus cuerdas vocales habían sido entrenadas para no parpadear ni siquiera en las circunstancias más adversas.

Los hombres –más tarde Zoran descubriría que se trataba de capataces– estaban amaestrados para alardear de una bravuconería que no eran capaces de desarrollar si intuían una posible desventaja. De reojo, le miraron las manos a Zoran con ademanes analíticos, luego se miraron entre sí con un gesto aprobatorio y a regañadientes le arrojaron trece monedas adicionales a la pequeña. Después se marcharon con el producto de su compra.

CINCO

A pocos kilómetros del cinturón de minas costero hay un conjunto de viejos edificios mutilados pero aún en pie; antiguos almacenes, silos, maquilas, parques de armas y hangares activos durante el segundo gran episodio bélico vládiko (consultar: Segunda Guerra vládika, GVII o GV2). Edificios ruinosos castigados por el salitre y por el inclemente sol del Caribe que a la larga tiene efectos letales sobre las superficies y sobre las personas, más específicamente sobre sus cabezas.

Décadas después de la guerra, las ruinas fueron ocupadas por viajeros desertores, caravanas extraviadas y guías que perdieron sus facultades motoras o instintivas. Al igual que le ocurrió a Zoran cuando fue traído a la costa, muchos peregrinos creyeron ver en el paisaje marítimo una frontera de Vladik y corrieron hacia una imaginaria línea punteada para tropezarse con el soberbio cinturón de minas al que le seguía un mar espeso, pútrido, innavegable. Sin ánimos de devolverse por donde habían llegado, ni de avanzar por otro rumbo, los expedicionarios se fueron quedando en ese trozo de tierra flanqueado de un lado por el finisterre de la costa (prolongación líquida de Vladik) y del otro por una cordillera espinosa, gótica en su inasible verticalidad.

Quienes se quedaron allí, no desistieron de salir de Vladik. De hecho, negados a soportar una vida despojada del sentido de la huida, se propusieron encontrar una verdadera vía de escape sin los métodos tradicionales: guías, mapas, rutas: promesas de repetición, repetición en movimiento, siempre más desconcertante que la repetición *in situ*. Razonaron (después de varias generaciones de filosofantes) que la salida de Vladik tendría que producirse mediante una maniobra única, total, definitiva. Creían en las minas (eran su paisaje, sus arrecifes dormidos), pero desaprobaban que las acciones de huida tuvieran como eje central la ficción juguetona, estéril y mortífera de los mapas. Su aspiración como comunidad de escapistas era descartar cualquier método previo, idear nuevos, analizarlos, afinarlos, ensayarlos; horadar la base del canon y en su lugar instalar las piezas de futuras tradiciones. A esta ciudad (en principio provisional, aunque permanente en la práctica) se le conoce como la zona cero: punto de partida liberado del lastre de todos los fracasos previos.

A Zoran lo embutieron en una barraca en la que no entraba casi luz. Los lechos eran literas de tres niveles dispuestas de forma caótica, así que cada noche era una odisea encontrar la esquina donde estaba la suya. No era el único que se extraviaba, aunque sí era de los pocos que llegaba a su lugar; la mayoría prefería compartir las estrechas camas entre dos, tres o cuantos cupieran. No lo hacían para jugar al amor: extenuados del trabajo en el campo se echaban en la primera cama que encontraban aunque estuviese ocupada. Ninguno de los obreros se había echado a dormir junto a Zoran, quizá porque era el médico de la unidad de cavadores y la dignidad de su cargo lo protegía de ciertas intimidades que los trabajadores toleraban entre sí.

Los obreros morían con frecuencia y su reposición era costosa. Zoran debía hacer valer las monedas extras que pagaron por él en calidad de médico. No siempre podía salvarlos, pero al menos debía prolongarles la agonía en aras del rendimiento.

Desde el primer día desempeñó su papel sin exageraciones y con dedicación. Los trataba con brebajes ya preparados que consiguió en la enfermería, les aplicaba masajes, rezos en susurros incoherentes y palabras de aliento que contrastaban con la aspereza de los látigos de los capataces. Dormía con ellos, los analizaba mientras trabajaban en el campo bajo el sol y comía con ellos una pasta sabor a coco que les daban al comienzo y al final de la jornada, lingotes blanquísimos que no se derretían a pesar del calor. Las primeras semanas Zoran engullía la pasta con el entusiasmo de la novedad, pero luego la detestó y solo se comía un cuarto de su ración, lo mínimo para no desfallecer. Las barracas, las letrinas y toda el área de trabajo olían a fragancia cocal; y a pesar del aroma agradable, a Zoran le repugnaba de la misma forma que el olor penetrante de los excrementos. Nadie se quejaba de la estricta dieta, no por temor o resignación, simplemente no parecía importarles, la toleraban con indiferencia.

Los cavadores pasaban los días elaborando fosos mediante el manejo de picos, palas, taladros y poleas que servían para extraer tierra y hacer descender a los exploradores. Estos eran de complexión pequeña y ágil, en general resultaban apacibles salvo cuando les tocaba el turno de descender a un foso; en estas circunstancias se ponían inquietos y emitían sonidos estridentes pero fáciles de apaciguar. Parecían disfrutar la pasta de coco; no la mordisqueaban, la lamían con una descuidada sensualidad que pasaba inadvertida a cavadores y capataces. Aunque estaban dotados de la capacidad de hablar, los exploradores no eran claros en narrar lo que veían o sentían durante sus trayectos de ida y vuelta; se limitaban a palabras sueltas: frío, dormir, noche, oscuridad, coco. No dormían en las barracas, se les dejaba pernoctar en jaulas a cielo abierto como gesto compasivo: la oscuridad y encierro de las barracas era demasiada negrura después de una jornada de oscuros fosos.

La hechura de los fosos le parecía a Zoran una tecnología tan avanzada e incomprensible como la de las minas. (Bien podría ocurrir que en un futuro muy lejano la gente buscara salir de Vladik con la asistencia de mapas y guías que ayudaran a evitar a toda costa los oscuros y peligrosos fosos, sustitutos involuntarios de las minas. Nada sorprendente: así suele obrar el mecanismo de las soluciones humanas). La profundidad de los fosos se medía en tiempo y no en distancia. Eran tan largos como lo fuese la duración de su recorrido. El foso más largo que habían cavado tenía cinco horas de profundidad, era un foso célebre porque casi ningún explorador había retornado de él. No era el único foso que devolvía una cesta vacía, pero sí el más consistente en cuanto a la deglución de exploradores.

"Es una buena señal", decía el cuarto jefe de capataces cada vez que un explorador no volvía.

"Si es tan buena, por qué no bajas tú", decía el segundo jefe de capataces.

"Silencio. Sea lo que sea, hay que reponer al explorador, es el quinto que no regresa este mes. No estamos acá para evaluar la eficiencia de los fosos sino para hacerlos", dijo el primer jefe de capataces.

"Es decir, deshacerlos", dijo la segunda ingeniera.

"Exacto, hacer un foso siempre se trata de deshacer. El vacío no se crea, es una ilusión producida por la distribución desigual de la materia", dijo una filósofa que pasaba por ahí pero que no trabajaba en los fosos.

Era la primera vez que Zoran veía el retorno de una cesta vacía. Parecía improbable que el pequeño explorador se hubiese desatado las correas para dejarse caer o para quedarse allí sentadito en la negra estrechez del fondo del abismo.

Al principio, salvo por el peso, el tamaño y la calidad de sus harapos, Zoran no sabía distinguir entre los exploradores y el resto. Un capataz se percató de sus dudas.

"Tiene que aprender a mirar bien, *dóctor*. El que no salten a la vista las diferencias, no significa que no las haya. Es un asunto de fondo, también de forma, pero sobre todo de fondo", le advirtió el tercer jefe de capataces, con una inflexión que oscilaba entre los didáctico y lo amenazante.

Zoran evitó el debate, no quería mostrarse como un médico incompetente en reconocer las gradaciones humanas. Lo que sí había notado, y que reservó cautelosamente para sí, era que luego de cada descenso los exploradores volvían entristecidos, como si extrañaran algo; el médico no podía saber si extrañaban algo que había en el fondo de los fosos o algo de su otra vida antes de que los trajeran a trabajar acá.

"Aunque esos oscuros fosos sean la probable salida de Vladik no me atrevería a bajar. Al menos no hasta que un explorador regrese con una prueba irrefutable", se decía Zoran.

"Vamos *doctor*", le gritó el tercer superior de los coordinadores de capataces sacándolo de sus ensoñaciones.

Zoran debía reponer al explorador extraviado, es decir, le tocaba seleccionar un cavador que ocupase su lugar.

Hay muchos más cavadores que exploradores, y estos últimos son cada vez más escasos. Sin embargo, un cavador o casi cualquier ciudadano libre, ¡de hecho!, puede eventualmente desempeñar el papel de explorador si posee las dimensiones apropiadas y el talante dócil de estos. No se sabe si los cavadores son parcos por el exceso de trabajo, por su naturaleza o solo fingen serlo para que no los seleccionen cuando haya que reemplazar a un explorador; el testimonio de un explorador locuaz sería una pieza invaluable para las investigaciones *fosíferas*. En todo caso, hasta que no haya más claridad en la exploración bajo tierra, el criterio que sigue primando para escoger a un explorador es su complexión y temperamento: no deben ser ni muy robustos ni muy rebeldes porque podrían dañar las poleas y los andamios que las sostienen.

Zoran examinó a los cavadores y preseleccionó a un puñado. Fingió revisiones en las axilas, en la garganta y en las articulaciones. También calibró la calidad de sus reflejos y escogió al que más reaccionaba cuando se chasqueaban los dedos frente a sus ojos. Era un movimiento que Zoran le había visto hacer alguna vez a un hipnotizador. La medicina se nutre de todo, pensaba el dedicado médico.

"Este tiene alma y tamaño de explorador", dijo Zoran hipocráticamente, al tiempo que guiaba al cavador hacia el grupo de capataces.

Creyéndole o no, los capataces le quitaron las ropas al cavador y lo pusieron en la fila donde los exploradores temblaban a causa del calor. Era bastante grande en comparación a los exploradores, pero nadie, ni los capataces ni las ingenieras hicieron observación alguna.

Zoran había aprendido que buena parte de la credibilidad de los oficios radicaba en la majestad y seguridad de los gestos y las palabras. Pero para perdurar en el largo plazo no solo se trataba de prolongar el fingimiento. Debía realmente llegar a una solución que mejorara la tasa de retorno de los exploradores, así como la energía y productividad de los cavadores; y en los casos en que hubiese que practicar reemplazos, debía saber escoger al cavador más débil para que no representara una mengua significativa en la brigada. Si erraba, y mermaban exploradores y cavadores, era probable que él y sus manos de médico tuvieran como destino descender en esos inciertos túneles. O algo mucho peor: que lo trasladaran a la cocina para ayudar en la preparación de la aborrecible pasta de coco.

Si todo el origen del mal en el Vladik antiguo (esto no lo sabía Zoran) se debía a esa baba negra que recubre las playas del país, todo el origen de la maldad del Vladik moderno (esto lo inventó Zoran) se debía a la pasta de coco, materia vil que además de servir de alimento era el ingrediente de los jabones, velas y lubricantes de las maquinarias del lugar.

Después de profundas cavilaciones con la mano en la barbilla, Zoran concluyó que si la dieta de los capataces, cavadores, exploradores –y por supuesto médicos– dejaba de basarse exclusivamente en pasta de coco, habría un sinfín de beneficios asociados: incremento de la densidad ósea, aumento del tono muscular, disminución del estrés y del riesgo de sufrir cardiopatías, mejoría en la calidad del sueño, alivio de la ansiedad y renovación de la autoestima. (Ninguno de estos términos existía en el vocabulario o imaginario de Zoran y probablemente de nadie en Vladik, pero –según la tabla de equivalencias de las traducciones de las traducciones– las expresiones dichas acá son de índole similar a las pensadas por él, los lugares comunes del oficio y la época. Los asuntos relacionados con la traducción de Vladik, tanto en cuestiones de terminologías como en el plano de las ideas, siempre han sido problemáticos; y la razón de estos prólogos no es otra que tender un puente más o menos transitable entre el imaginario vládiko y el nuestro, que a efectos humanitarios podemos coincidir en llamar imaginario no vládiko).

No había mayor sustento en su propuesta (que en términos vládikos podemos llamar teoría) salvo su cruzada personal contra la sobreabundancia de materia cocal. La tenía embutida en su sistema digestivo, en el circulatorio, y hasta la textura y aroma de sus sueños rezumaban esa sustancia. El desprecio hacia este alimento era tan real como su abnegación por la medicina. Y hay que decir que nunca se había metido tan profundamente en la representación de un oficio como lo hacía ahora, y en los momentos en que se acordaba que se trataba de una simulación se preguntaba si acaso no había nacido con el código hipocrático escrito en sus genes.

Para que lo escucharan formalmente Zoran debía presentar una moción escrita. Dos obstáculos sobresalían en el camino del héroe: el primero era desconocer los entresijos de la retórica burocrática de la zona cero, y el segundo ignorar los códigos de lectura y escritura en cualquier lengua, incluyendo la suya.

De manera autodidacta, insomne e intuitiva aprendió a leer. No le tomó mucho tiempo; los materiales de lectura a los que tenía acceso eran pocos (unos cuantos carteles, viejos manuales descuartizados y planillas de formatos diversos). La escritura le tomó un poco más de tiempo; no solo se trataba del arte de la combinatoria de signos y de significados, sino que incluso el trazo de la pluma sobre el papel le resultaba un gesto tan absolutamente ajeno que requirió jornadas enteras de ejercicios locomotores antes de poder delinear con cierta soltura. Mucho después, Zoran se enteraría de que no había aprendido a leer ni a escribir: lo que creía leer no era más que el resultado de una imaginación predispuesta, y lo que creía escribir era producto de una inspiración voluble de trazos, no de palabras. Entre la escritura y la lectura de lo escrito había un cambio de significado que no percibía porque su memoria era laxa y caótica. Sus trazos significaban una cosa en el instante que se concebían, y más tarde, en su cabeza, eran algo completamente diferente. La suya era una escritura que mutaba, como esculturas de hielo abandonadas al mediodía del desierto.

"Qué maravilla es la palabra escrita", se dijo Zoran en voz alta y luego escribió esa frase en garabatos minuciosos y apretados que se extendieron a lo largo de tres folios. En su lenguaje no había concordancia entre la duración musical de los vocablos y su resolución física en un soporte. Hay que concederle, eso sí, que su grafía, más allá de la asincronía y despliegue cuántico, tenía mucha personalidad; vista sin prejuicios parecía obra de la propia naturaleza o al menos una traducción bastante fidedigna, traducción que por lo demás se agotaba en sí misma. Zoran era del todo intraducible.

Aunque la burocracia de la zona cero era reducida en miembros, no lo era así en trámites. Las formas vládikas prevalecían en el inconsciente, como arquetipos cuyos orígenes se podían rastrear desde tiempos de la conquista española, de la invasión rusa o de la breve pero significativa intervención china.

Sumado a la complicación que entrañaba la escritura de Zoran, estaban las pautas de circulación de folios y expedientes: se sellaban y matasellaban, se archivaban o se remitían, se les daba visto bueno o visto malo, se clasificaban y se volvían a sellar... y todo esto ocurría sin que nadie en el camino los hubiese leído, pues esa era una fase que involucraba otros procesos y otros agentes. Después de un mes de haber introducido el recurso, Zoran se informó en la taquilla de trámites que sus folios se habían extraviado y que podía presentar una queja formal o desistir de su moción. Transcurrió el doble de tiempo para que le informaran que la queja también se había extraviado, pero que podía realizar una exposición oral en el gran salón. Allí habló frente a un amodorrado auditorio, expuso su tesis de manera mucho más sucinta y sin la emoción apocalíptica que creía haber conseguido con la pluma; no obstante, recibió ovaciones significativas. Pasado un trimestre obtuvo acceso al inmueble donde se ubicaba la cocina, y cinco semanas más tarde le permitieron entrar al área propiamente dicha de la cocina, el primer permiso no incluía el acceso al área de estufas y calderos, que dependía de otra instancia. Un mes después pudo hablar con el segundo supervisor de cocineros y tras setenta y dos horas con el primer supervisor de cocineros. Entretanto los cavadores desfallecían, los exploradores no volvían o regresaban cadavéricos. Zoran se desesperaba, sobre todo porque no sabía cuántos peldaños separaban a los supervisores de los inspectores de los supervisores, ni qué otro entramado de jerarquías lo esperaba superado este nuevo escollo.

Entretanto instruyó a los cavadores a que se fabricaran sombreros con hojas de palma de coco. Aunque los sombreros molestaban en la ejecución de las maniobras con las palas y poleas, la idea resultó de gran utilidad porque se cansaban menos y mejoraron ligeramente su rendimiento.

Zoran volvió un mes más tarde a la misma taquilla donde esta vez le informaron que en breve recibiría la resolución definitiva. El empleado que lo atendió llevaba un sombrerito tejido de hojas de palma de coco, sin sospechar que su interlocutor era el genio que había desatado la moda.

La resolución definitiva llegó. Se la comunicó en voz alta y en público una funcionaria entusiasta: Gobernantas, intendentes de suministros y cocineros quedaban a merced del médico Zoran, y podía él alimentar o dejar de alimentar a los cavadores y exploradores como bien le placiera, siempre y cuando ninguna de sus acciones representara un incremento en gastos. El único requisito era que el formato donde constaba dicha resolución debía ser firmado por el tercer superior de los coordinadores de capataces.

Justo ese capataz detestaba locamente al buen Zoran; se oponía en rabioso secreto a sus proyectos, aunque no por ello dejaba de usar los coquetos sombreritos que el *dóctor* había recetado.

Zoran le pidió la firma con maneras corteses.

"No", le dijo el tercer superior de los coordinadores de capataces.

Lo intentó días después.

"No", le dijo el tercer superior de los coordinadores de capataces.

A pesar del rechazo Zoran se aventuró una vez más:

"No", le dijo el tercer superior de los coordinadores de capataces.

Las escenas se repetían con milimétrica exactitud; lo único que cambiaba era el modelo del sombrerito usado por el tercer superior de los coordinadores de capataces. Si no fuese por esta variación, cada intento de solicitud y rechazo hubiesen sido exactamente iguales y no hubiese habido razón de nuestra parte para repetir en distintas líneas la invariable respuesta del tercer superior de los coordinadores de capataces.

Una ocasión, un explorador de apariencia mansa que siempre había retornado de sus viajes se negó a abordar la cesta que lo bajaría al foso. Los capataces amenazaron con atarlo y soltarlo en caída libre si persistía en su indisciplina. Intentaron doblegarlo pero el explorador los atacó, echó al suelo a tres cavadores y a otros tantos capataces con las herramientas que encontró a su alcance. Su furia súbita no parecía ser causada por la acumulación de injusticias o de aspiraciones frustradas, sino más bien por su experiencia en el último foso al que lo habían hecho descender.

Zoran pensó, muy médicamente, que el ataque pánico del explorador podría deberse a que no le habían confeccionado un sombrerito y sobre todo, ¡cómo no!, al exceso de pasta de coco: además de sus adversos efectos nutricionales era posible que la blancura del alimento contrastara en demasía con la negrura absoluta de los fosos, produciendo en los pacientes una suerte de conmoción químico-espiritual.

El asalto del pequeño explorador sorprendió a todos y nadie supo cómo detenerlo a tiempo. Su gesto era inédito. No existía un protocolo de contención, y de haberlo no hubiese resultado expeditivo debido a la naturaleza burocrática con que se ejecutaban los procedimientos por estos lares. Por otra parte, aunque las rebeliones de solitarios no son las más eficaces para alterar el orden sí son las más difíciles de desmantelar, pues su represión desmedida puede ocasionar efectos impredecibles entre los espectadores. La enseñanza vládika tradicional recomienda dejar que se diluyan por sí solas, luego ya vendrá el psiquiátrico, la horca o las calderas. Acaso debido a esa enseñanza atávica fue que todos los presentes tardaron en reaccionar.

El explorador se abalanzó sobre una de las ingenieras a la que arrancó a mordiscos un fragmento sustancial de cabellera y luego sobre dos cavadores que no supieron usar sus palas con fines defensivos. Dedicó lo mejor de su furia al tercer superior de los coordinadores de capataces, a quien le mordisqueó el pecho, las orejas y los brazos. Pequeñas hendiduras, como de roedor, inofensivas siempre y cuando se le pusiera coto a su efecto acumulativo.

El terco tercer superior de los coordinadores de capataces era algo mayor para esos sustos; así que su corazón pensó y por tanto se detuvo, como es sabido que puede ocurrir. Los demás capataces se ordenaron según su rango (operación que les tomó varios minutos, pues entre el segundo superior de los coordinadores de capataces y el cuarto superior de los coordinadores de capataces había un vacío que no lograron asimilar pronto) e inmovilizaron para siempre al explorador.

Zoran tardó bastante en ir a socorrer al tercer superior de los coordinadores de capataces; la situación lo había descolocado y se demoró en reaccionar más de lo que un médico de verdad lo habría hecho. Pero como en su fuero interno se consideraba a sí mismo un médico de verdad, no le inquietaba tanto el cuestionamiento de su oficio como el de su velocidad.

"Un médico lento", es lo más que podrían decir de mí.

Además del tema de la velocidad, la situación presentaba dos grandes peros.

Pero n° 1: Zoran debía intentar salvar al capataz aunque no supiera exactamente cómo. Pero n° 2: aunque supiera el procedimiento de rigor en estos casos, el testarudo tercer superior de los coordinadores de capataces era la única traba para que Zoran pudiera desplegar su proyecto alimenticio en la zona cero de Vladik.

"Si doy el parte de defunción nunca tendré su firma y el proceso quedará detenido. Los cavadores y exploradores seguirían pereciendo con regularidad y su productividad interna bruta no va a remontar jamás. Si lo curo, probablemente me agradezca con su firma", zanjó el tema desde la orilla lógica.

Faltaba el cómo desencadenar la sanación del moribundo. De los magos o sacerdotes se esperan los trucos clásicos; de los médicos también. Así que Zoran, arrodillado a la vera del cuerpo mordisqueado del tercer superior de los coordinadores de capataces, improvisó con abnegación un repertorio: chasquidos frente a los ojos, golpecitos rítmicos en el músculo paralizado, respiración boca oreja, palmaditas en el rostro que derivaron en bofetones contundentes y que tuvo que parar porque le empezaron a arder las palmas. Luego recordó que la decapitadora le había contado alguna vez que si una vaquita cambray muere de susto durante la ablación de uno de sus miembros se le podía hacer volver a la vida con una pequeña descarga eléctrica.

El médico pidió electricidad como quien pide agua sin referirse al vaso.

Le trajeron una de las baterías rústicas desarrolladas por las ingenieras y colocó en el pecho del paciente las puntas de sus cables. No ocurrió nada salvo un cosquilleo más bien erótico. Zoran amagó escupir para humedecer la zona, pero tenía la boca seca. Sin pensarlo mucho (poseso de inspiración hipocrática) le frotó el pecho con una barra de pasta de coco y le colocó de nuevo los cables. La inesperada conductividad obró. El torso del tercer superior de los coordinadores de capataces se levantó cuarenta y cinco grados, se le abrieron los ojos y su rostro se expandió en una sonrisa macabra, pero de inmediato retornó a la rigidez horizontal. Zoran repitió la operación, esta vez el temblor de la descarga recorrió con más potencia el cuerpo del tercer superior de los coordinadores de capataces, su torso se irguió noventa grados y los batanes de su corazón comenzaron a golpear de nuevo. Había vuelto en sí, a la vida. O acaso no se había ido, solo reposaba el susto tras los mordiscos del explorador y Zoran había estado a punto de matarlo por electrocución.

Recuperado e hidratado, el tercer superior de los coordinadores de capataces escuchó complacido el recuento de cómo fue atacado y cómo fue salvado por el médico. Bromearon a la manera de los capataces; le preguntaron al recuperado si había disfrutado de los mordiscos del explorador y el tercer superior de los coordinadores de capataces sonreía sonrojado, escondiendo el rostro entre las palmas de las manos. Volvían a ser niños cuando hacían a un lado la seriedad que les demandaba su oficio. Brindaron con aguardiente de coco de alto octanaje. El renacido tercer superior de los coordinadores de capataces le palmeó la espalda a Zoran y le dijo que le debía más que la vida. Más brindis, más humor, más camaraderías... los lugares comunes que ocurren tras los episodios trágicos cuando estos concluyen en una solución feliz. Zoran, encumbrado, fingió humildad, dijo que actuó siguiendo los elementales procedimientos de rutina que cualquier aprendiz de medicina conocía al dedillo (incluyendo la clásica maniobra de bofetones). Ya más en confianza, cuando la celebración se fue apagando, Zoran sacó el tema de la firma requerida para completar el trámite que lo obsesionaba.

"No", le dijo el tercer superior de los coordinadores de capataces. Se colocó su sombrerito y volvió al trabajo.

Lo cierto es que Zoran nunca obtuvo la firma del tercer superior de los coordinadores de capataces para llevar a cabo su proyecto de modificar los hábitos alimenticios de los cavadores y de los exploradores. Pero dos semanas después (un tiempo récord en Vladik), lo visitó un funcionario para notificarle que debido a su notable labor en las instalaciones *fosíferas* le había sido concedido un permiso de transferencia temporal no solicitado para trabajar con el comité científico de la zona cero.

"Es muy afortunado usted. ¿Sabe cuántos tienen acceso a los sabios?", le preguntó el mensajero.

"Ni idea", confesó Zoran.

"Pues yo tampoco. Pensé que usted lo sabía", le replicó decepcionado el mensajero; como si el número que esperaba recibir de Zoran representara la respuesta a todas sus interrogantes vitales.

"Lo siento", dijo Zoran que se había vuelto súbitamente bipalábrico.

"Le aseguro que la vida del otro lado de las barracas es de un nivel muy superior. Lo único que le pedirán para darle entrada es la firma del cuarto superior de los coordinadores de capataces para dar fe de que su presencia en los fosos no es vital de momento", le explicó el mensajero.

En la oscuridad de su litera Zoran meditó sobre cuál sería la mejor estrategia para granjearse la firma de este otro capataz. La necesitaba incluso más que la anterior; tras el fracaso de su proyecto alimentario le urgía moverse de sitio. Esa inquietud, esa dromomanía aguda, era el reclamo secreto de su auténtica personalidad: el Zoran del deseo irrefrenable de salir de Vladik exigía un cambio de aires. Además, estar cerca de los sabios le ayudaría a enterarse de primera mano qué tan cerca estaban realmente de descubrir el mecanismo de salida.

Desalentado por la experiencia previa con el capataz resucitado, Zoran acudió arrastrando sus botas a pedirle la firma al cuarto superior de los coordinadores de capataces. Disimuló lo más que pudo su interés, aunque sospechaba que el histrionismo de su fingimiento delataba alguna de las costuras por las que se entreveía su emoción. Así que corrigió: fingió que fingía emoción para que sobre ese fingimiento se notaran fingidas costuras por las que se entrevía su indiferencia por la firma. La mascarada ocurría tan rápido que, mientras le pedía la firma al cuarto superior de los coordinadores de capataces, Zoran no estaba seguro qué deseaba y qué fingía.

"Está bien. Yo no diré que no. Debo forjar mi propia personalidad", le dijo el cuarto superior de los coordinadores de capataces y firmó el papel con un círculo perfecto.

A Zoran le asignaron una minúscula habitación privada en un edificio mejor ventilado que las oscuras y laberínticas barracas. Ante su perplejidad sobre cómo dormir en ese reducido espacio, más pequeño que la altura de su cuerpo, un sabio le explicó que los lugares de dimensiones mínimas favorecen la concentración de los sueños y del pensamiento en general.

"Mire usted a Vladik, es puro campo abierto, sus horizontes se pierden en el ensueño y siempre llega la noche antes que uno pueda decir que se ha avanzado algo en el camino. Mientras más se anda sin rumbo y sin límites más se extravía el cuerpo y el espíritu; así no hay forma de parir ideas", le dijo el sabio.

El espacio vital se le achicaba a Zoran cada vez más, de la amplitud del descampado al amontonamiento en las barracas, de las barracas al estrecho cuarto... ¿Qué clase de caja le esperaba más adelante? ¿Podría la fuerza de su cuerpo reventar la última carcasa? ¿En eso consistía salir de Vladik?, se preguntaba el médico durante sus primeras duermevelas en el nuevo lugar.

El menú para los notables funcionarios de esa parte de Vladik (a veces mal llamada república de los sabios, república de los sueños o ex república de Fénnelly) seguía siendo la pasta de coco, en ración doble como privilegio. La etiqueta tácita demandaba consumirla con un despliegue de cubertería metálica que requería mucha dedicación aprender a manipular. Utensilios específicos para trocear, raspar, picar, moler, agujerear, tasajear le conferían a la monotonía del alimento la ilusión de variedad. La ventaja es que acá no era prohibitivo consumir cualquier otro alimento que encontrasen o que les obsequiaran: plátanos, bayas, cangrejos, moscas y grillos del tamaño de un puño... el tipo de monstruos intertropicales a los que hay que adorar, consumir o padecer.

Al tercer día de su estadía, Zoran recibió la bienvenida oficial de parte de la máxima autoridad en materia de sabiduría del Vladik moderno: el vate. Este era un cargo único, exento de cardinalidad, es decir, no había un tercer, segundo o cuarto vate. Su avanzada edad hacía dudar de su mortalidad y más aún de una posible sucesión, pues todos los jóvenes que alguna vez estuvieron en la fila para su eventual reemplazo envejecieron, se marchitaron y murieron mientras el vate seguía en pie. El vate era un guía que se había quedado ciego, no por un accidente con minas, sino debido a una revelación, una pesadilla lúcida y brutal en la que la salida de Vladik consistía en recorrer una serie de caminos bifurcados al infinito. Eso era lo que se rumoraba, pero el vate nunca lo confirmó ni lo negó; así que el motivo de su ceguera siempre fue incierto, casi mítico. Él prefería callar sobre muchos asuntos; sabía que la hechura de un sabio radica en las exégesis que eventualmente harán otros en su nombre.

El vate estaba sentado en una silla de madera sencilla que de algún modo evocaba a un trono antiguo despojado de sus excesos a punta de pacientes gubias y la acción de los elementos. Lo escoltaba una optometrista que permanecía rígida, de pie.

(Nota del segundo coordinador de traductores de la presente edición: ¿No se han fijado que las profesiones y oficios en Vladik se presentan así nomás, sin evidencia ni sustento?)

(Nota del encuadernador en jefe: A mí eso me cagá, pero bueno, qué se le hace).

La optometrista había fracasado en devolverle la vista al sabio ciego y ahora le servía como intérprete traduciéndole fragmentos del mundo y hablando en nombre del anciano. Al parecer ella solo necesitaba mirarle la multiforme expresión de las arrugas para entender lo que quería decir.

"El vate celebra su llegada a la zona cero de Vladik. Desconoce en qué circunstancias ocurrió y no le interesan; es decir, debido a que puede imaginar todas las posibilidades plausibles, estas se igualan y por tanto se anulan. Eso sí, aprueba con entusiasmo sus métodos. Cree que están provistos de una innovación clásica. Por eso lo ha invitado a ser el médico de nuestros sabios", tradujo la optometrista.

El vate agitaba entre sus manos temblorosas y enfáticas los folios que Zoran había llenado con su caligrafía esencial.

"Entienda que no está obligado a estar aquí. Y cuando digo aquí me refiero a un lugar más vasto que todo esto que nos rodea", prosiguió la intérprete ajustando la voz para hacerla más enérgica.

La habitación era pequeña, fría. De todos los edificios de la zona cero, poseía la única ventana con vista al mar que no había sido tapiada.

"Privilegios de los ciegos", ironizó Zoran para sus adentros mientras miraba el paisaje, entretenido en distinguir un barco de otro.

A esa distancia se percibía la dimensión soberbia de la costa y de los buques moribundos que surcaban su calmo techo. Una flota que Zoran tardaría horas en contar, no solo por la cantidad, sino porque el efecto de los barcos meciéndose hacía difícil el conteo sin extraviarse en reiteraciones u omisiones.

"Está usted efectuando la operación de manera incorrecta, no hay que contar en unidades, ni en pares, ni en decenas ni en otros pequeños conjuntos. El conteo es falaz; lo seguimos haciendo con todo, con las personas, con las piedras, con el tiempo... y aún no aprendemos la lección. Contar no es un cálculo numérico; más bien consiste en mirar, y en una sola vista adquirir el conocimiento esencial de todo... de todos como si fueran uno solo, tradujo la optometrista.

Zoran –el Zoran metido en el papel de médico reivindicativo dedicado a las luchas alimenticias de los trabajadores de los fosos– hacía un esfuerzo por comprender las palabras del vate, pero al mismo tiempo insistía en contar los buques para demostrar que sí era viable dar con una cifra. No pudo concentrarse en las dos actividades y fracasó en ambas: en el conteo y en la comprensión. Además, otro asunto lo distraía: encontrar el momento oportuno para presentar, comentar o debatir su monotema: el cese de la pasta de coco como alimento primordial de la zona cero.

"Entiendo que es usted médico, practicante de esa forma pomposa de la magia. Alguna vez yo lo fui, pero me parece ocurrió en otra vida", dijo el vate de su viva voz. Fue la única vez que Zoran le escuchó su tesitura pausada y eterna como los arroyos.

Cuando el médico empezó con su discurso sobre el coco, la optometrista lo atajó.

"Hay muchos méritos en su idea de modificar el patrón alimenticio para reformar el lenguaje; al menos eso fue lo que entendimos de esos experimentos escritos suyos sobre el papel. Sin embargo, su propuesta no es más que un eco de los viajes suicidas con los mapitas: jugar a extraviarse en laberintos que sabemos nos derrotarán de antemano", tradujo la optometrista.

"Ya pasó la moda juvenil de desafiar y retorcer el lenguaje para cambiar al mundo. Además, recuerde que no queremos cambiar Vladik, queremos salir de él", ídem.

"O de ella", ídem.

"Más allá de cuestionar sus métodos –que por otra parte aplaudo por su elegante insensatez– el asunto es que usted se puso en el lugar equivocado, o lo pusieron (me es indiferente su actividad o pasividad al respecto). Acá en la zona cero hay gente notable de la que usted puede aprender. Además no nos viene mal un médico con nuevas aproximaciones, otros ojos", ídem.

"Muchos proyectos de acá son esbozos reiterados, sin cambios, sin evolución. Esbozos regodeados en sí mismos, simulaciones de versiones finales. No critico el exceso de confianza en estos embriones de proyectos; unos pocos son auténticas obras del ingenio, pero la mayoría rayan en la insensatez más absoluta. Nuestro gran dilema –el de la humanidad entera, ahora y siempre– es cómo diferenciar unos de otros", ídem.

"Lo cierto es que alguna de estas ideas logrará resolver la cuestión de salir de Vladik. En el tiempo todo ocurre. Mi temor es que cuando se encuentre la forma definitiva de la salida, ya no existamos para verlo", ídem.

"Fue ironía, ¡eh!", aclaró la optometrista.

A Zoran no le quedaba claro cuándo el vate era traducido y cuándo era comentado por la optometrista; las palabras del sabio y su glosa se entremezclaban. Era lícito creer que a larga el sabio terminaría siendo la nota al pie de su exégeta, si es que aquello ya no había ocurrido con el vate.

"El tema de la pasta de coco quedará en veremos, parece", se dijo Zoran para sus adentros. "Aunque yo mismo no dudo de mi papel como autoridad médica, conviene no seguir forzando el tema. Las máscaras no se caen en la procesión pausada, sino en los excesos del baile. Aún estoy a prueba", pensó y lamentó no haberlo dicho en voz alta, la frase lo condenaba pero sentía que su gracia lo habría eximido de sus faltas.

"Hay proyectos que quisiera ver realizados no porque creo que serán útiles, sino por el entretenimiento que prometen; por ejemplo, el de convertir medio Vladik en una ínsula tiene mucho de memorable", tradujo la optometrista.

("Cuando el sabio use los verbos ver o mirar, entiéndase que es ironía, ¡eh!, o sentido figurado, ¡eh!", dijo entre paréntesis la optometrista que intuía algunas deficiencias cognitivas en el médico).

Zoran se ofendió por el regaño. No pudo contener una réplica y sacó el tema que tenía atorado en la garganta:

"Si cambiamos la pasta de coco por plátanos o por un preparado de aves, conejos y huevos estoy seguro de que el entusiasmo de los exploradores y la vitalidad de los cavadores, capataces, funcionarios y sabios se incrementará en proporciones hiperbóreas", adjetivó Zoran confirmando las precauciones de la optometrista.

"Ya veo", tradujo la optometrista, más cansada que irónica.

"Aun así se aburrirán. Nos aburriremos. Sea lo que sea que haya en nuestro plato estamos condenados a padecer el tedio de la repetición", continuó el vate en la voz de la optometrista.

Zoran meditó, pero no dijo nada. Miraba el mar oscuro repetirse de tal modo que parecía no moverse.

"Su insistencia no es desdeñable; de hecho resulta atractiva. Solo le recomiendo que no la eleve a conjura o va a terminar más ciego que yo. Derívela por otros rumbos y usted mismo se dará cuenta de lo fructífera que podrá ser", añadió la traductora al tiempo que acompañaba a Zoran a la puerta de salida.

Convertido ahora en el médico de los sabios, Zoran recordó su insistencia inicial al presentarse con los decapitadores: "Soy médico, soy médico". No es que creyera de antemano que la reiteración entrañara un efecto acelerador de la premisa, pero era una posibilidad aún no rebatida, como cuando consideraba que podrían no existir las minas. Trató de jugar a la misma magia diciendo dos veces en voz alta:

"Saldré de Vladik".

Pero lo dijo solo una vez. Le fue imposible repetir la frase; se le trabaron las cuerdas vocales, la lengua se le durmió, la úvula se le petrificó. Creyó que le iba a dar un ataque como aquella vez cuando se quedó tendido inmóvil junto al cadáver del guía.

Había algo de mal agüero en esta parálisis que de algún modo confirmaba su hipótesis de las repeticiones de palabras como modificadores de la realidad. Hizo vanos esfuerzos para repetir la frase, pero su inconsciente, como un diablillo malévolo, no lo dejaba. No desesperó; ya encontraría la vía médica para subsanar el problema de las parálisis y por ende el de la salida vládika, pensó.

"Quizá alguno de los sabios dé con esa solución y todo se resuelva junto", pensó más.

Los expertos en artes, ciencias y otras sabidurías de la zona cero requerían sangrados, sobre todo verbales. Zoran los escuchaba; los sabios le hablaban de sus proyectos y de sus dolencias, a veces ambas consistían en lo mismo: los padecimientos surgían en el contexto de una inventiva estrafalaria y no se podían tratar aislados de ella. Es más, sus molestias eran el contexto mismo, pero el contexto era inseparable de sus carnes y de sus psiques. Los sabios diseñarían la salida total de Vladik o fracasarían en hallarla, morirían con el contexto (¡enfermos!) como si este fuera su cruz de huesos. Mantenerlos lúcidos los ayudaba a trascender el presente de sus contextos y por tanto a proyectarse hacia el futuro de los resultados, de la liberación.

Era muy fácil enloquecer en este ambiente paralítico donde parecía no ocurrir nada salvo un sol y un tiempo rotundos. Contra el primero los sombreritos ayudaban; ahora el médico debía descubrir qué hacer contra el segundo. Aunque hubiese sido un médico de verdad-verdad y no uno de verdad-mentira, ninguna farmacopea o conocimiento lo ayudaría a contrarrestar los efectos del tiempo vládiko. Su única posibilidad de un triunfo fortuito era la improvisación. No lo descubrió en ese momento; lo aprendió más tarde, pero cuando lo aprendió, sintió que ya lo sabía desde antes, solo que no lo había descubierto. Es muy fácil perderse en estos laberintos verbales, sobre todo entre la caterva de sabios que lo rodeaban.

Zoran continuó progresando en el campo de la medicina a través del método de la especulación: descubrió que la raíz de la enfermedad en Vladik, al menos en la zona cero, no era la pasta de coco; esta no era causa ni consecuencia, a lo sumo era la vaselina que permitía la penetración del contexto melifluo hasta el centro celular de los enfermos. Así lo escribió, con su grafía que más adelante le significaría algo distinto según lo que decidiera su memoria:

"Si bien el compuesto denominado *pasta de coco* posee cualidades melifluas que debilitan el entendimiento y el ánimo de quien la consume habitualmente, considero que los padecimientos de los sabios y sabias de esta parte de Vladik tienen su origen en la exacerbación de los orgullos individuales, curiosamente respaldados por la ausencia de espejos", rayó en el folio.

Días más tarde leyó estas mismas palabras a conciencia, pero no le quedó claro por qué había escrito que le gustaba tener arena mojada dentro de los bolsillos de su pantalón. Lo que escribía ayer no lo entendía hoy, ni lo que entendía hoy lo entendería del mismo modo mañana. Empezó a dudar del sentido de la escritura y lo que antes pensaba era una ciencia maravillosa ahora lo veía como una estafa.

"No hay manera de fijar una idea", le dijo a una de sus pacientes recurrentes, una sabia dedicada a las artes matemáticas.

Fue ella quien le hizo ver a su médico de cabecera la cualidad eterna de su prosa, que por no significar nada lo contenía todo. Primero miró sus folios con curiosidad, como si fuera un idioma peregrino, acaso sánscrito o dermisache; y después de un breve examen se dio cuenta de que no existía patrón alguno en aquellos garabatos. La matemática le explicó a Zoran que lo suyo era regodeo o prosa placebo, que la pluma entre sus dedos era el cigarrillo que necesitaba para pensar, la coartada para hacerle creer a su cabeza que sus ideas quedaban plasmadas y a salvo. Le dijo que era un iletrado, que lo hacía tan mal que terminó haciéndolo bien, que su ignorancia había trazado una espiral hasta acercarse sin querer a la iluminación.

Así fue como Zoran descubrió que sus palabras no significaban nada en el sentido de las convenciones, de la legibilidad. En eso era un fracaso. El acierto de su peculiar relación con el lenguaje escrito estaba en su modo de leer. La matemática le hizo algunas pruebas de rigor. Le pedía al médico que escribiera una frase, y durante días sucesivos le hacía leerla una y otra vez. La mayoría de las veces no había ninguna coincidencia. A veces, en cambio, le pedía leer distintos fragmentos y Zoran los leía casi exactamente iguales, como si fueran el mismo.

Seguro de sí mismo en la aceptación de su fracaso, Zoran empezó a hablar en términos parecidos a los que creía leer en sus propios garabatos. Sus pacientes estaban al tanto de la falacia involuntaria, y justo por eso lo respetaban más todavía. Para las prescripciones farmacológicas su caligrafía alcanzó una ilegible simpleza que le daba autoridad. Hierbabuena, anémona, pasiflora, cardo, maguey, árnica, sábila, clorhidrato o quelite podían escribirse de maneras diferentes o siempre igual; cada paciente interpretaba sus dolencias y la medicación requerida. Era en la ambigüedad del trazo donde radicaba la magia curativa. El suyo era un arte que había de aprenderse con mucho ensayo-error-error-error-error aunque su sustrato verdadero estaba en la elegancia de los gestos, de los trazos y de las omisiones. El resto era un compendio de artilugios clásicos a los que fue llegando de manera instintiva: mezclas de hierbas, frío para unas dolencias, calor para otras, terapias de sonido, masajes, estiramientos, reposos y eventuales novedades descubiertas por accidente como los toquecitos eléctricos, bofetadas, enemas, hipnosis y la asistencia de uno que otro animalito tópico que siempre operaba con eficacia debido al efecto teatral del frotamiento. Al menos eso funcionaba para quienes no estaban realmente enfermos. Cuando lo estaban en exceso, no había remedio posible, pero aun así había algo de bienestar gracias a los malabarismos que dispensaba el médico entre el inicio de la enfermedad y su resolución. Es decir, no se trataba tanto de sanar sino de estar, de verbalizar la enfermedad para camuflar sus efectos.

Lo trascendente de su oficio médico –desde la óptica del vate– era el intercambio de ideas; los sabios hablaban, se exhibían, perduraban a causa de no querer morirse hasta que sus proyectos concluyesen. Zoran los mantenía vitales y muy lúcidos a punta de brebajes, masajes y sobre todo del aliento de su escucha. Los tecitos y las lavativitas eran meros placebos reconfortantes. Zoran escuchaba mientras ellos se explayaban; acaso competían en secreto para ver quién lograba sorprender más al médico con sus delirios.

Era difícil conocer sus motivaciones reales. Debido al tiempo que tardaban sus eternos proyectos y sobre todo a causa de sus despropósitos, a primera y segunda vista daba la impresión de que los sabios no querían salir de Vladik, sino solo entretenerse en la idea, reiterándola para demorar de forma ilusoria el paso de los días. Quizá eso también era una forma de lucidez.

Desde los oscuros y lejanos tiempos de la primera revolución vládika no existían en todo el país, o en lo que quedaba de él, las clases sociales. Reinaba la igualdad en estado puro. Nadie cuestionaba, por ejemplo, que un explorador y un sabio de la zona cero fuesen iguales. Si sus condiciones de vida eran diferentes nada tenía que ver con el tema igualitario; se trataba más bien de una intrincada acumulación de casualidades imposible de desentrañar. Aunque a los exploradores se les pegaba bien y a los sabios no se les pagaba tan bien, la idea de la igualdad revolucionaria seguía intacta desde los tiempos del gran vladikón.

Se pudiera pensar que los funcionarios eran privilegiados por menudencias como un área de dormir ventilada, ausencia de trabajos forzados o el superávit de pasta de coco, pero lo cierto es que sus tribulaciones eran mucho mayores a la nimiedad de quedarse atrapado en un foso de longitud y oscuridad indeterminadas. Un explorador solamente tenía que subir y bajar; en todo caso su dilema en los fosos se reducía a subir o no subir, esa era la cuestión para ellos. En el caso de los funcionarios, sus vidas sutiles estaban sujetas a un número superior de complicaciones, desde el tema de la amplitud de la cubertería a la hora de comer hasta la administración de sus ingresos.

En calidad de médico de los sabios, Zoran recibía de sus pacientes un pago en monedas de coltán. Con ellas podía comprar más pasta de coco, así como implementos varios para su oficio y bienestar personal: sogas, cables, telas, botas, desinfectante, tabaco, agua dulce, preparados de hierbas. Satisfechas todas esas exquisiteces, aún le sobraban muchas monedas. La acumulación de los discos metálicos le transmitía una sensación de plenitud que jamás había experimentado; pero este efecto no tardó en devenir en pesada carga cuando Zoran descubrió las tasas impositivas que regulaban el coltán.

En la zona cero los bienes que podían comprarse eran muy limitados. Su existencia estaba topada por el mundo real, no por la ley. Es una verdad incorruptible que la cantidad de tabaco, sogas o agua siempre es finita. (La excepción era la pasta de coco que debido a su extrema abundancia podía adquirirse en proporciones hiperbólicas siempre y cuando su uso estuviera destinado al consumo personal). Resultaba inevitable, entonces, llegar a un punto donde el excedente de monedas tendía al desborde sin que hubiese manera de gastarlas. Por otra parte existía un tope legal de coltán que una persona podía tener consigo: un máximo de noventa y nueve monedas por día. Todo excedente debía ser entregado a los administradores de la zona cero, a quienes además había que pagarles por su almacenamiento. Mientras más monedas se dejaban en consignación, más había que pagar; eran intereses acumulativos y exponenciales difíciles de entender si no se era un funcionario especializado en esas lides. Una vez que alguien poseía la moneda número cien era imposible retornar a la felicidad del cero, porque la deuda de esa primera consignación crecía y crecía, exigiendo además periódicas amortizaciones. De modo que entregar a la administración una sola moneda desencadenaba una deuda que pronto superaba a las noventa y nueve que podían poseerse.

Intentar sacar monedas de coltán de la zona cero de Vladik o esconderlas dentro del cuerpo para no declararlas era un delito penado severamente. Un rumor: el origen de los fosos data de un antiguo mecanismo ideado por evasores para deshacerse del excedente de monedas. Otro rumor: los exploradores, en su origen, eran funcionarios encargados de buscar y clausurar estos fosos ilegales. Otro más: devenir en explorador era la penalización para quienes intentaban burlar las leyes del coltán. (Son especulaciones, claro está; pero todo lo que tenga que ver con el coltán resulta especulativo en grado máximo. Las propias monedas de coltán, sin cuña, de caras lisas como espejos negros, son en sí mismas especulares).

Debido a entresijos financieros que escapaban a su comprensión, cada vez que Zoran estaba cerca de saldar la deuda y acercarse al ansiado cero, recibía un puñado de monedas que estropeaban su buen índice crediticio. En cada consulta los pacientes le pagaban agregando propinas exuberantes que el médico no se atrevía a rechazar. La deuda bajaba y crecía, a veces de forma abrupta, a veces con moderación sostenida, siempre allanando el camino hacia el colapso psíquico de quien la había adquirido. El engranaje era despiadado y su duración dependía de cómo se equilibraban sus mecanismos de manera natural. Cada tanto las monedas escaseaban porque quedaban represadas en las bóvedas vládikas; así que las leyes daban un giro y, entonces, se promovía su tenencia. Los incentivos consistían en facilitar el pago de deudas mediante la repartición desmedida de monedas y más monedas, sin límite alguno de posesión, hasta que el inevitable desbordamiento marcaba el tiempo del regreso al ciclo previo, que era el que a Zoran le había tocado.

Si el momento de su salida de Vladik coincidía con el ciclo de tenencia libre y acumulativa, Zoran podría cruzar la frontera con la mayor cantidad de coltán que pudiera llevar consigo. Era una idea nueva que se sumaba a la obsesión principal de la huida, que hasta entonces había sido una huida sin posesiones ni proyectos: una huida que se satisfacía a sí misma solo por su consumación. En cambio, ahora el peso y el brillo del coltán ensuciaban y condicionaban la forma primigenia de la huida y le producían a Zoran pesadillas de un brillo torvo azulado, delirios pesados a causa de la propia materia mineral que sustentaba sus alucinaciones. También estaba, como nota al margen de los sueños, el tema del traslado del cargamento monetario (¿vaquitas cambray y exploradores amaestrados para tales fines?), la circulación, el intercambio, las inversiones, los préstamos, los intereses, las retenciones, las deudas, las renegociaciones, las amortizaciones... todo un mundo ajeno que le era desconocido hasta antes de padecer el fárrago administrativo de la zona cero. El peso angustiante del coltán se le multiplicaba material y espiritualmente, y sin embargo quería llevárselo todo consigo.

Así estuvo semanas, inquieto en una parálisis preventiva, hasta que uno de los sabios, el arquitecto, lo libró de su carga con una parrafada:

"Pero si el coltán ni lo aceptan fuera de Vladik; del otro lado de la frontera no es más que una baratija, un espejito de baja calaña. Cuando nos vayamos de acá no valdrá la pena llevarse ni una monedita de esas. Bueno, si acaso una sola, para el recuerdo. Pero ¿quién va a querer recordar nada de esto?", le dijo el arquitecto, tosiendo, mientras Zoran le frotaba un compuesto herbal en el pecho para tratarle las vías respiratorias.

"Esos son los verdaderos pacientes, no los que se curan o mejoran, sino los que nos salvan", pensó el médico, aliviado de la pesada carga imaginaria que él mismo se había infligido llevar consigo.

"La medicina vládika no pretende mitigar el dolor, consiste en llenar la vida con la promesa de nuestras imaginaciones y luego vaciarla para ver qué queda asentado en el fondo", reflexionó Zoran más tarde.

Así, con su caligrafía ilegible de trazos rotundos escribía sus ocurrencias y la bitácora de sus consultas, hoy para sí, mañana para nadie.

Si sus notas hubiesen sido legibles, quizá perdurarían hoy día (junto al polivalente *Cuaderno de Bruni*) como uno de los testimonios más valiosos de los disparates y aciertos vládikos, merecedores de recordar, no para que no se repitan, sino para que se repitan bien, sea lo que sea que esto signifique.

II

LA NOVELA EN SÍ

β

Por ejemplo, el arquitecto insiste en que la distancia mejor entre dos puntos no es la línea recta sino la subterránea. "La línea subterránea carece de las limitaciones bidimensionales de las líneas trazadas o imaginadas a ras de cualquier superficie. En este sentido se parece a la línea área donde las tres dimensiones le posibilitan contextura. La línea subterránea es en sí misma un pasaje. No lo enuncia, como la recta, ni lo deshace, como la aérea, sino que lo abre. No es un trazo, es una intromisión", ilustra el arquitecto con maromas histriónicas subrayadas por sus frecuentes ataques de tos pánica. "La línea subterránea no es la más breve ni mucho menos la más rápida; sus cualidades erosivas demoran su avance y además tiende al divague. El mayor riesgo de este tipo de líneas es que el regodeo en sí misma forme nudos y en consecuencia nidos, es decir, estancamiento. Si no hace bucles sobre sí misma, y si es suficientemente profunda para abrirse paso debajo de todas las minas o del lecho marino, la línea subterránea emergerá en algún momento fuera de Vladik", me dice. Como respuesta le receto una dosis de veinte palmaditas en el pecho al acostarse y al levantarse.

β

La matemática sostiene que hay cálculos que tienen margen de error y otros que tienen margen de acierto. Su sabiduría consiste en ignorar ambos márgenes y mantenerse en la aparente cordura del centro. Sin disimular la comezón que le azota en la espalda, cuello y brazos añade: "Pero hoy el centro está vacío, el espíritu de los tiempos manda a moverse hacia los márgenes bajo la débil premisa de que rumbo a las fronteras están las salidas de Vladik". Para ella los cálculos y ecuaciones son una pérdida de tiempo. El pensamiento debe ir directo a la obra y saltarse los pasatiempos del lenguaje. "Lo mío viene de acá y de acá", suele decirme palpándose el corazón y los ovarios. A falta de insumos le receto ungüentos con pasta coco y finas hierbas; no le explico que la efectividad es independiente de los componentes pero sí le insisto en que lo importante es que lo unte en un movimiento circular siguiendo las manecillas del reloj.

β

Sobre la arena húmeda, con la disolución crepuscular a sus espaldas, el arquitecto traza planos y ecuaciones que otros arquitectos menores observan con reverencia, sin entenderlas. La comprensión ha de llegar después de la aceptación. No hay en Vladik conocimiento sin veneración previa, ésta no es solo un portal a la iluminación, es la revelación misma. La verdad encarnará en quien la ha aceptado. El propio arquitecto no tiene reparos en admitir que sus ecuaciones están llenas de fallos notables que ninguno de su séquito es capaz de detectar. Escoge la parte más húmeda de la playa, a una distancia segura del cinturón de minas, para que la punta de su vara se hunda mejor. Debido a sus bronquios trastornados le haría mejor ir en la mañana, cuando además la humedad es todavía más propicia para que el lienzo donde escribe sea menos efímero. Pero prefiere la tarde porque en breve la noche le dará sentido a su obra... o la noche y sus sombras ocultarán su falta de sentido.

β

Un poco más temprano y más cerca de la costa, peligrosamente cerca del cinturón de minas marítimo, los flautistas se sientan en un círculo amplio. De mano en mano y de boca en boca se pasan la flauta como si fuese un enorme atado de tabaco, y cada melodía una bocanada. La persistencia del oleaje y la monotonía del vaivén de los buques varados le confieren al ritual de los flautistas un halo de infinitud. O mejor dicho: al flautista, pues solo se es flautista en el momento en que se tiene la flauta entre las manos; el resto del ritual se es oyente. Los oyentes no componen, no ensayan, no predisponen el tañido de la flauta con manipulaciones del azar. Las florituras y desbarajustes que acometen cuando pasan a ser flautistas son pura casualidad destilada, una música vaporosa sin trazas de ningún destello de memoria muscular. No son aprendices que buscan mejorar o enriquecer su arte con la suma y resta de los errores y aciertos del grupo, me explica la matemática. "Será cuestión de tiempo para que algún flautista ejecute sin mayor dificultad, y sin habérselo propuesto, una sonata similar a las del Bach, que por cierto jamás han escuchado. En apariencia, llegar a esa forma podría demorar una o varias eternidades, aunque también podría tardar menos, mucho menos: el azar, debido a su naturaleza caprichosa, puede manifestarse al comienzo, en el medio o al final de esa indeterminada fracción de tiempo. Es decir, las mutaciones *bachianas* de los flautistas pueden ocurrir en cualquier momento. Los jugadores primerizos de cartas conocen esa racha de buenas manos que luego se les vuelve esquiva. Lo mismo ocurre con el flautista que podría concebir sin titubear una melodía similar (¡o idéntica!) a la del Bach en una o dos sesiones seguidas para luego diluir su existencia en torpes digitaciones que no pasarán de burdos chirridos y disonancias. No ha ocurrido todavía que ningún flautista ejecute algo del Bach o similar al Bach. Pero que no haya ocurrido sirve también para confirmar que va a ocurrir", concluye la matemática con una seguridad absoluta. Al examinar a la distancia los labios purulentos de algunos flautistas, intuyo que ciertas enfermedades bucales pueden transmitirse a través de la música; así que les recomiendo a ellos, a la matemática y a mí mismo, usar tapones de arena mojada mientras la flauta suena.

β

El arquitecto pretende hallar una forma inédita de movernos en el espacio: la marcha de espaldas, la línea subterránea, el salto curvilíneo... cualquier maroma con fines excéntricos. La matemática, en cambio, aspira a solucionar el asunto del movimiento *en* el tiempo; no *con* el tiempo, como solemos hacer cuándo estamos despiertos. Su aspiración es que podamos realizar a conciencia un viaje parecido al que (según su recopilación de variadas experiencias, incluyendo la suya) experimentamos cuando soñamos con cosas que aún no han pasado pero que ocurrirán.

β

"Resulta irrelevante la velocidad en que nos movamos hacia la salida de Vladik. Lenta o rápida, la salida (al igual que toda línea o ruta por mínima que sea) es un movimiento susceptible de descomponerse en una serie de pasos", me explica el arquitecto. Hace una pausa formada por una infinitud de momentos imperceptibles. Mi silencio lo anima a proseguir: "Llevo años pensando en una posible cápsula antivládika que permita avanzar unos pocos metros diarios. Con ella, saldríamos de Vladik de una manera total, aunque el acto estuviera fragmentado. Esa hipotética cápsula debería ser un recinto esférico, blindado y con una serie de agujeros para la entrada de aire y para la salida de excrecencias, o debería contar con un mecanismo para transformar los detritus en un alimento nutritivo y versátil, por ejemplo, pasta de coco. No debería tener capacidad para más de una persona, máximo dos; en todo caso debería ser prohibitivo que sean habitadas por personas de diferentes sexos: reproducirse las colapsaría en pocos años. La cápsula, pese a sus reducidas dimensiones, debería ser un espacio confortable en el que el viajero se sienta a gusto y pueda dormir con relativa comodidad. Debería ser propulsada por quien la habita, centímetro a centímetro, mediante una maniobra de gateo. El contacto con minas activas serviría para impulsar a las cápsulas. Quizá se requiera de una legión de anti-guías, dispuestos a guiar a los capsulistas por los caminos más minados posibles. Saldríamos de Vladik volando, en estallidos, pero ilesos. Por tanto, la cápsula debería ser acolchada por dentro, con excelentes amortiguadores y algún mecanismo anti-derrapante. Debería poder flotar en caso de caer en una masa de agua. Pero, sobre todo, la cápsula anti-vládika debería existir", remata el arquitecto, desentendiéndose de su fabricación, que según él corresponde a los ingenieros. "En un mundo ideal, en un mundo sin minas [el arquitecto se ríe de su propia ocurrencia], las cápsulas deberían poder volar como lo hacían durante las guerras antiguas. Moverse en el aire no es nada complejo, tenemos la certeza de que fue posible: los bombarderos existieron. Lo que no podríamos saber dónde sería seguro aterrizar, pues desconocemos qué tan lejos estamos de la frontera. Es imposible que un dispositivo aéreo pueda aguantar días flotando, sin hacer escala; en cambio, las capsulitas rodantes sí podrían, de hecho son en sí mismas una escala, al igual que todo este lugar. Tal vez podríamos enviar vía terrestre una vanguardia de capsulitas que, una vez establecidas bien lejos en un lugar seguro, diseñen el dispositivo aéreo, produzcan el combustible y vengan volando hacia nosotros para rescatarnos. Pero ¿qué garantía hay de que van a hacerlo?", murmura el arquitecto con los ojos entrecerrados, agotado de tanto delirar.

β

"Desplazarnos hacia atrás o hacia adelante en el tiempo no debe estar supeditado a la confección de una máquina", insiste la matemática. "El mecanismo que posibilita ese movimiento ya lo tenemos incorporado. Es más: la máquina somos nosotros, una máquina perfecta pero sin la calibración adecuada. Soñar es prueba de que el mecanismo está allí, diluido en nuestra propia materia. Es cuestión de hacer los ajustes necesarios para reconfigurarlo a nuestra voluntad. Primero debemos engañar al mecanismo para que no nos use a nosotros, sino al contrario. Por ejemplo, hay que fingir dormir, entregarse muy parcialmente al sueño, simular que nos dejamos llevar en el viaje, pero a la vez estar muy atentos a las transiciones. En los ambiguos umbrales entre un sueño y otro está el secreto del mecanismo. Después de mucha práctica seremos capaces de dirigir la navegación hacia el puerto que queramos y no a la deriva como hemos ido hasta ahora", me explica la matemática mientras se hace un par de nudos en su larga cabellera, es su manera particular de llevar la cuenta del tiempo. El tiempo medido en nudos de pelo.

β

Desde lejos, las astas de madera a lo largo de la costa parecen sombras de sí mismas. Hay que tocarlas para deshacer esa ilusión. Golpeo su piel fría, compruebo que están hechas de madera y no de sombras. Otra prueba de su materialidad es que, todas las tardes, sobre sus puntas se posan bandadas de pájaros eclécticos, grises, con más pelambre que plumaje. "Cada ave es el espíritu de los que años atrás fueron empalados o colgados allí", me dicen los esotéricos, siempre dispuestos a encontrar un mensaje en cada acontecer. "No, se posan en las astas porque estas son el plato donde en el pasado encontraron nutritivas carroñas; esperan pacientes un nuevo banquete", dicen los pragmáticos, siempre dispuestos a encontrar un mensaje en cada acontecer.

β

"El mayor temor de muchos ante el mecanismo del sueño vigilado es que un ligero error de cálculo nos lleve a un día antes del comienzo de Vladik y nos toque vivir Vladik completo de ve a ka", admite la matemática. Prosigue: "Pero nada de eso. El mecanismo solo es capaz de llevarnos hacia adelante en el tiempo. Es una falacia que el viaje pueda efectuarse hacia atrás; de ser así nos anularíamos y, por tanto, no estaríamos acá en este momento". Señalando una pared agrietada añade: "Mirad, el tiempo es como un río que se mueve en una única dirección, hacia adelante. ¿Has visto un río que se mueva hacia atrás?".

β

"Aunque se concrete el imposible de navegar hacia un futuro donde el Vladik actual ya no exista, ese viaje sería apenas una solución temporal", me advierte el arquitecto con sorna y tos bronquial. "Con el nombre que sea, Vladik se va a repetir en algún momento; de ese ciclo no hay escapatoria. Por ello, la salida verdadera ha de ser a través del desplazamiento mecánico del cuerpo", me dice abandonando la salita de espaldas, una nueva manera de caminar que supuestamente permite revelar líneas de fuga que escapan a la mirada en avance.

β

Según la matemática, el viaje a través de las fronteras terrestres, aéreas o marítimas representa un riesgo mayor en cuanto a la repetición vládika. "Al ojo, sin necesidad de calculitos, sabemos que las probabilidades de que Vladik se esté repitiendo en otros lugares en este preciso momento son más altas (¡el triple, o el triple y medio!) que los chances de que se repita en este pedazo de tierra en el futuro. En ambas formas de salida (viaje en el tiempo o viaje en el espacio) hay riesgos de llegar a un nuevo Vladik, pero en el viaje hacia el futuro ese riesgo es mucho menor".

β

La ajedrecista no ha dicho una palabra desde su primera partida años atrás. Antes era muy parlanchina, pero desde que aprendió a jugar se volvió introspectiva, como esos monjes de las montañas que para llegar a la iluminación y conocer la pureza absoluta de la realidad pasan años desprendiéndose de cualquier forma de lenguaje. La ajedrecista no hace más que jugar al ajedrez, la mayoría de las veces sola, a veces con un aventurero que busca retarla, un entusiasta que quiere aprender o un devoto que desea contemplarla de cerca. Ella calcula cada jugada y todas las implicaciones posibles, no solo en el tablero en curso, también en los previos y en los posteriores, como si cada partida fuera un episodio de una guerra compleja con sus escaramuzas, batallas, traiciones, pactos, treguas, imperios que caen y otros que surgen. Para la ajedrecista, sus propias derrotas son parte de su plan (o del plan). Cuando pierde, en realidad está sacrificando un reino por una dinastía que cuajará más adelante. Todo esto me lo explica la matemática. Ella cree que incluso cuando la ajedrecista está durmiendo persiste en el juego, en otras partidas, con otros contrincantes, incluso con versiones de ella misma pero de otros tiempos.

β

A veces, entre tantas ensoñaciones y entretenimientos, nos olvidamos por un momento que Vladik sigue existiendo y que seguimos atrapados en su interior. Para no olvidar Vladik, algunas noches el vate hace que su optometrista nos lea el *Cuaderno de Bruni*. "Corremos el riesgo de olvidar que seguimos acá. En mi caso es fácil que Vladik se me extravíe entre la blancura u oscuridad de mi ceguera ambivalente. Yo no quiero que lo vládiko se escabulla, de ser así todos nuestros proyectos carecerían de sentido. Así que oigamos una vez más...", dice el vate en la voz de su optometrista. Sus palabras son el preámbulo de la lectura del cuaderno, un librito delgado de tapas negras, de trazos diminutos muy diferentes a los míos.

β

¿Cómo sabe el vate que la optometrista no está más ciega que él? Le concede a ella la misma confianza y margen de error que los otorgados a nuestros propios sentidos. Ella es para él un sentido más, uno que suple vista, oído, habla, pensamiento, sentimiento. Pero los sentidos pueden engañarnos y nosotros podemos engañarlos a ellos.

β

La matemática dice tener dos posesiones preciadas: su cabellera llena de nudos que prueban la maleabilidad y desatadura del tiempo, y un gramófono portátil que encontró explorando las ruinas de un edificio de la zona cero. De la docena de discos negros que halló en la caja del aparato todos estaban quebrados menos uno, el del Bach. Según la imagen de la carátula, el Bach era un grupo de músicos bajo las órdenes de un severo capataz, todos vestidos con los colores de una vaquita cambray. Fue después de escuchar cientos de veces al Bach que la matemática se interesó por el tema del tiempo: lo que no está pero permanece, lo duradero, las repeticiones, los sueños premonitorios, los flautistas que inevitablemente emularán al Bach aún sin saber de su existencia. "Oíd", me dice la matemática junto al círculo de oyentes del flautista de turno: "El repertorio es finito, estamos condenados a repetirnos, eso no quiere decir que el tiempo se estanque. ¿Has visto un río que no se mueva? Sus aguas siempre discurren aunque a veces parezca lo contrario. Basta arrojarle una piedra para comprobarlo", me dice la matemática lanzando un coco hacia la costa; a veces estalla una mina, a veces no y el coco rueda mansamente hacia la orilla de aceite oscuro. Debido a los taponcitos de arena que llevo en los oídos, las ejecuciones de los flautistas me llegan como un susurro lejano, soñado. En cambio, no hay forma de ocultar el estallido de las minas, un pitido que fácilmente halla camino para entrar en el cuerpo.

β

Cuando un capataz o un cavador cae por accidente en un foso, este se clausura para intentar apagar el eco de un vago quejido, un sonido perenne y muy sutil similar al de los alaridos apagados en los sueños. Habría que pegar el oído a la boca del foso para poder escuchar y entender el significado de esas lamentaciones, pero, ¿quién por voluntad propia lo haría?

β

Tiempo atrás llegaban a la zona cero titiriteros que representaban obras breves y de carácter moralizante sobre las maneras de salir de Vladik y sobre la forma en que debería ser la vida allende las fronteras vládikas, me cuenta el arquitecto con un dejo de nostalgia. Las obras de los titiriteros solían ser instructivas y al tiempo entretenidas, de un único acto y plagadas de los lugares comunes que todos querían escuchar. Si los titiriteros se salían de las formas y de los tópicos, el público perdía interés y los abucheaba. Su arte estaba condenado a ser rigurosamente clásico. Además del histrionismo inherente a su oficio, los titiriteros debían tener poderosos brazos para manipular con credibilidad y soltura a los exploradores que les servían de marionetas. Debido a la mengua de exploradores el arte de los titiriteros murió y con ello sus historias. Los pocos titiriteros que ahora llegaban lo hacían en calidad de mercaderes de exploradores. Fieles a la costumbre, sostenían su mercancía con gruesos hilos, representándose a sí mismos en el papel de comerciantes, en presente absoluto.

β

Antes de que la marea nocturna las disuelva, los aprendices del arquitecto se dedican a transcribir sus ecuaciones. Él confía en que no lo lograrán: "Reproducir es más complicado que inventar; no hay duda de eso. Cada uno puede repetirse a sí mismo; de hecho, es inevitable. Pero repetir a otro es casi imposible por más empeño que le pongamos. Para copiar verdaderamente mis ecuaciones tendrían que convertirse en mí, imitar todos mis gestos, mis deseos, voces, espasmos, toses, dolores; mirarse al espejo y verme a mí", me dice el arquitecto. Algo en su voz, acaso la agudización repentina de su padecimiento pulmonar, me hace pensar que no es él quien me habla, sino un mal imitador suyo con poca práctica.

β

A veces la matemática está de pie, apoyada en una o ambas plantas y con los ojos cerrados. Parece dormida, pero está ejercitando el mecanismo. Dice que hasta el momento ha logrado tres viajes al futuro, de cinco segundos cada uno. Uno de los viajes lo hizo frente a mis narices; según ella, se movió cinco segundos hacia delante. Yo solo la vi simular estar paralizada durante ese tiempo, le picaba la nariz y no podía evitar fruncir el ceño. Le dije que le creí porque sí le creo, aunque haya sido mentira.

β

La ajedrecista se toma su tiempo entre cada jugada. En ese ínterin ocurren todas las historias que fuera de los escaques dan sustrato profundo a las partidas. Las piezas no son figuritas intercambiables o alegóricas; encarnan, incluso en reposo, a los seres que se debaten en el tablero. Cada peón es un individuo con pasado, deseos, lealtades y temores. Cada torre alude a todos los prisioneros notables o anónimos que se pudren en sus oscuridades, a sus guardias aburridos y a sus incendios sofocados. Los caballos tienen nombres propios y bridas confeccionadas por familias de talabarteros enfrentadas entre sí; cada embestida de las bestias encarna sus dolores en las pezuñas, su saciedad en los establos y sus llantos por los jinetes muertos en combate. Los reyes son las sumas de sus arrojos, cobardías y banquetes nocturnos. Las plenipotenciarias reinas, descalzas y ágiles, calculan alianzas y ejecutan emboscadas según la intensidad de su sabiduría o codicia. Es lícito creer que la ajedrecista ha alcanzado la iluminación y que en alguna de las prefiguraciones de sus juegos está señalada la caída de Vladik. En su silencio y desde su perspectiva aérea es como si ella estuviera atrapada fuera de Vladik, liberada pero solitaria en cada guerra. Nunca le he recetado nada a la ajedrecista, pero procuro que su asiento siempre esté mullido con un cojín de plumas y hojas de palma. Parece no notarlo. En efecto, ella no está realmente aquí.

β

El arquitecto fue el primero en notar que el mapa de la zona cero tenía la misma silueta, aunque invertida de *la mancha Vladik*, un pergamino sin texto con solo una silueta imprecisa que según algunos eruditos representa la forma del territorio vládiko. De ser cierto, vistos desde muy arriba habríamos de parecer un Vladik dentro de otro Vladik, un Vladik preñado de sí mismo al que había que inducirle el vómito o el alumbramiento.

β

Tiempo atrás llegaban a la zona cero dos magos, me cuenta el arquitecto con otro dejo de nostalgia. Se instalaban una breve temporada con sus carpas puntiagudas, una frente a otra, en libre competencia. Rechazaban el mote de magos, pero toda su indumentaria y su pose los contradecía: la maletita de curiosidades, el frac negro, la capa amplia, el lacito en el cuello, el sombrero de copa, la paloma revoloteando entre sus mangas y hombros. El primer mago era más literal, si decía: "te voy a cortar en dos mitades", así lo hacía; si prometía aparecer una vaquita cambray en la entrepierna de un espectador, así lo hacía; si decía que iba levitar, levitaba. Su espectáculo era la exhibición en pleno. El segundo mago disponía del mismo repertorio de trucos, los clásicos, pero en vez de ejecutarlos los narraba. Su relato era prolijo en detalles, en vocablos, en artilugios, pero sin nunca develar más de la cuenta; su magia era la de las sugerencias y las evocaciones. Cuando estaba a punto de desnudar los trucos y poner en peligro al gremio se detenía en el filo de la historia. Es decir, dejaba claro que eran trucos con bambalinas, artimañas y distracciones, pero la parte elemental quedaba oculta y es probable que él mismo la desconociera. Quizá se trataba del asistente o amante del primer mago que aprovechó sus conocimientos para hacerle competencia o llamar su atención. También podía ser que trabajaban en conjunto, uno mostraba la teoría y otro la práctica. En todo caso, el primer mago siempre prometía muy pronto el espectáculo de desaparecer Vladik, mientras el segundo prometía la descripción de ese vacío y las maneras de llenarlo para que así valiera la pena el resultado del espectáculo de su colega.

β

En la única línea que cree la matemática es en la línea fragmentaria. Saltitos caóticos que consisten en moverse en el tiempo, no en el espacio. "Mirad. ¿Por qué los mapas marcan sus divisiones con líneas punteadas?, ¿eh! Ahí está la clave, alguien lo debió haber descubierto antes y nos dejó esa evidencia a modo de broma".

β

El arquitecto lee sus ecuaciones en voz alta, sin entenderlas. Las recita; la sonoridad excusa su falta de sentido. La bella cadencia es testimonio de su veracidad. Lo sigue una legión de fieles discípulos y unos cuantos acérrimos detractores. "Es irrelevante que una ecuación tenga ritmo, estilo, inventiva, potencia verbal o gracia. Una ecuación solo es válida si sirve de contrapeso al poder y de motor para el cambio y la igualdad social. La naturaleza de una ecuación correcta no está desligada del quehacer político; una ecuación comprometida promueve el movimiento de masas hacia las afueras de Vladik", grita un aprendiz de filósofo que usa el mismo estribillo para referirse al arte de cada uno de los sabios, aunque en realidad sabe que no tiene la menor idea de lo que está diciendo, según me confesó una vez. De vez en cuando le receto enemas florales para tratar su estreñimiento agudo, padecimiento que, de nuevo según él, es la causa de que después de veinticinco años de estudio aún no haya rendido su *disputatio*.

β

A veces la ajedrecista tarda días en mover una pieza. Una vez se demoró casi dos lunas en realizar su apertura. Perdió esa partida en cinco movimientos. Solo perdió a su rey, desangrado. Y ella, en su silencio impenetrable, pareció celebrar la derrota. Si bien la ajedrecista efectúa los movimientos clásicos ya sabidos incluso por los no iniciados (torre en línea recta, caballo en ele, alfil en diagonal, etc.), a veces introduce nuevos movimientos que solo pueden ocurrir en muy específicas circunstancias y por eso son arduos de repetir. Por ejemplo, el enroque quíntuple en el que se troca la posición de la reina, un alfil, dos torres y un caballo por las mismas piezas del oponente. O la *kamikaze*, maniobra que permite tomar el control del rey ajeno y suicidarlo entre una horda de peones. Los expertos que asisten a sus partidas registran estas jugadas y especifican las rarísimas circunstancias en que pueden ejecutarse, cada cien millones de partidas o incluso más. Es decir, casi nunca. Claro está que a ojos de la matemática las particulares circunstancias de esas jugadas estrafalarias e ingeniosas bien podrían ocurrir una tras otra. "No ha ocurrido de esa manera, pero justo eso comprueba que es viable y que va a pasar", me dice.

β

Si la tierra es en realidad redonda, insisten los teólogos aquejados de priapismo, entonces una llamada telefónica que hagamos desde la zona cero hasta al imperio japonés tendría catorce horas de diferencia, es decir, si acá en Vladik son las 9 de la mañana, allá serían las 11 de la noche. "Ahora bien, si los japoneses nos hacen la llamada a las 9 de la mañana de ellos, la diferencia sería, siguiendo la misma dirección horaria, las diez horas restantes de las referidas catorce, ya que ambas cifras suman las veinticuatro que contiene la esfera terrestre; es decir, para nosotros en Vladik serían las 7 de la noche. Hace años que no llamamos a los japoneses ni ellos a nosotros, así que de momento no es posible comprobar esta teoría", dicen los teólogos en su lógica implacable. Advierten que el mayor escollo no es lograr la llamada al imperio japonés, sino entenderles o creerles cuando les preguntemos la hora.

β

Un ingeniero genético nacido en Cambray –provincia cuya única actividad relevante eran sus telares, molinos y producción de sepulcros, y que nada tiene que ver con las célebres vaquitas cambray– dice haber desarrollado un prototipo humano que fácilmente podría salir de Vladik y a la vez engendrar una progenie que tuviera incorporada en sus genes dicho mecanismo de salida en caso de futuras contingencias. En el laboratorio en el que dice haber desarrollado a los humanitos, cuenta el ingeniero genético cambrescience, estos caminaban al primer mes de nacidos, al segundo saltaban y se alimentaban por sí mismos, al séptimo dominaban el griego y el lusitano, al décimo mes sabían construir y tocar una cítara y al doceavo día morían... ese era el fallo que no se logró subsanar. "¿Qué no habrían sido capaces de hacer estos humanitos si se hubiese logrado que vivieran treinta meses o setecientos meses?", se exalta el ingeniero mientras se dedica a su nuevo oficio acá en la zona cero: embellecer los parterres que circundan las habitaciones del vate y su optometrista.

β

A través de un recado de su traductora, el vate me pide la confección de un brebaje herbal para dormir mejor. Sospecho que no es un requerimiento para él sino para su optometrista insomne. Así que improviso una potente mezcla de hierbas, entre ellas las que fuma con frecuencia el aprendiz de filósofo. Cuando le entrego el tarro a la optometrista, olvido advertirle que la dosis debe ser a lo sumo una cucharadita, de lo contario dormirá una semana entera, o mucho más.

β

El *Cuaderno de Bruni* es un libro fronterizo, escrito con líneas punteadas similares a las que separan los territorios en un mapa. Los fragmentos de Vladik que se cuentan en sus páginas me ayudan a espabilarme y tocar tierra; de eso se trata Vladik: de la tierra, del suelo patrio, de tocarlo y reventar en mil pedazos cuando se le toca bien.

-.-. ..- .- -.. . .-. -. --- -... . -.... .-. .. -. ... .-.-.

β

Quizá del otro lado de la frontera hay un Vladik espejo y sus moradores están viniendo hacia acá en sus capsulitas anti-vládikas. Cuando lleguen, usaremos sus cápsulas para irnos hacia allá; ellos se quedarán de este lado esperando a que regresemos... volveremos y ellos se irán, nos pasaremos la vida entrando y saliendo, una y otra vez, hasta olvidar la diferencia entre uno y otro verbo.

β

Quizá en el Vladik del futuro la dificultad no sea salir de su territorio, sino querer entrar y no poder hacerlo. Cuesta imaginarlo, pero todo es posible: caravanas desaforadas que llegan desde distintos rincones del mundo conocido para saltar las murallas vládikas e instalarse a la sombra de estas ruinas.

III

LA NOVELA EN NO

Cuaderno de Bruni

La Vladia estaba dividida en tres partes: una, que habitaban los araucanos; otra, los pamperos; la tercera, los que en su lengua se llamaban guaros y en la nuestra vlados. Todo lo que sé de la Vladia antigua lo aprendí de las historias que la madre del padre de mi madre nos contaba alrededor del fuego. Las historias junto al fuego deben concluir antes de que las llamas se extingan. Un incendio es un buen lugar para contar una historia de largo aliento. Muchas ciudades de Vladik ardieron en distintos momentos. Durante las dos grandes guerras, los bombarderos, los tanques y los combates cuerpo a cuerpo ocasionaron un sinnúmero de incendios. Es probable que haya habido muchos incendios ajenos a la guerra; es decir, incendios de paz. Si alguien contabilizara los incendios ocurridos en tiempos de guerra y los ocurridos en tiempos de paz, quizá encontraría datos sorprendentes. Por ejemplo, podría descubrirse que durante los momentos de paz se producían más incendios forestales o industriales que los ocasionados por bombas o por el uso de artillería. La madre del padre de mi madre se dormía mucho antes de que el fuego cesara. De hecho, se dormía antes de terminar su historia. Nunca acabó de contarla. Siempre era la misma narración, y en vez de continuarla donde la había dejado la repetía desde el comienzo cada vez. A causa de su historia me hice guía. En realidad, fueron las circunstancias las que me hicieron guía: si los caminos de Vladik no estuvieran minados no habría tenido yo que convertirme en guía. Sin las minas, tampoco habría existido la historia de la madre del padre de mi madre. Ni siquiera ella misma habría existido. Mucho menos hubiese existido yo. Cualquier piedra que movamos en el camino altera dramática e impredeciblemente el mundo. Incluso, aunque digamos que movimos una piedra y no lo hayamos hecho, dicha alteración sigue siendo posible. Un bostezo de hoy o alguna palabra mal pronunciada puede ser, en un mañana lejano, la ruina de una civilización entera. Esa idea me sobrevino mientras guiaba una caravana. Me detuve en seco, inmovilizada por la responsabilidad que involucraba el próximo paso. Luego pensé que detenerme también podría acarrear insospechadas desdichas en el futuro. Aunque tengamos consideración hacia las civilizaciones del más allá, es imposible calcular cómo nuestras acciones influirán en su prosperidad o en su ruina. Cuando pienso en mi yo de la infancia, es como si pensara en otra persona, y la fogata y la historia de la madre del padre de mi madre parecen una invención, un sueño. Se puede recordar muy bien algo y luego olvidarlo. También es común que hayamos olvidado algo y luego de súbito lo recordemos. También se puede olvidarlo todo y no volver a recordar. Raro es, y también funesto, recordar todo sin poder olvidar nada. A veces creo recordar cada una de las pisadas que he dado como guía. No tengo forma de saber si estoy omitiendo alguna cuando hago ese recuento, lo que desconocemos haber olvidado no cuenta como olvido aunque así lo sea. Decía que la Vladia estaba dividida en tres partes y que la economía de los vlados se basaba en un feroz extractivismo, se agotaba un recurso y esperaban que la providencia indicara el siguiente: café, cacao petróleo, guano, coltán... Esta información es un recuerdo que ha pasado de boca a boca, y aunque no lo viví forma parte de mí. Todo lo dicho puede creerse y por tanto existir. Lo que pensamos existe. Las tres partes de la Vladia antigua existen al nombrarlas. Y dejan de existir al olvidarlas. Si dijera que la Vladia se dividía en dieciocho partes entonces existiría de esa manera. En el ámbito de la palabra ambas realidades pueden coexistir sin contradicción. Lo que es, puede no ser, y viceversa. En cada pisada la mina está y no está. Ambas realidades se superponen durante ese instante de instantes en que ocurre la pisada. Ocurren y no ocurren a la vez demasiadas cosas en la mente de un guía en servicio. Nunca pensé en las tres o cuatro partes de la Vladia cuando estaba guiando una caravana. Es difícil saber cuándo ha ocurrido un primer pensamiento. Siempre tengo la sensación de que lo recién pensado ya lo había pensado antes, como si nunca tuviera pensamientos nuevos sino solo recuerdos de recuerdos. Muchas cosas las hacemos una primera y una última vez sin saber que así sería. No recuerdo cuál fue la última vez que la madre del padre de mi madre nos contó su historia junto al fuego. Ella vivió mucho después de contarnos algo junto a la hoguera, pero en algún momento impreciso dejó de realizar esta actividad. Quizá descubrió que todos se dormían mientras narraba. Entonces, la madre del padre de mi madre empezó a dormirse también, cada vez más temprano, es decir, más al comienzo de su historia. Si yo hubiese sabido que la última vez iba a ser la última, le habría insistido para que no se durmiera y llegara hasta el final. Su gesto de dormirse se convirtió en parte de la historia. En realidad, las historias no tienen final ni principio; ambos puntos son arbitrariedades. Ni el fin de la vida de los personajes, ni de su civilización, ni de su lenguaje, ni de su propia tierra son el fin, porque siempre alrededor hay y habrá algo más. De los mapas he aprendido que siempre pueden completarse. Durante mucho tiempo me pareció que convertirme en guía era la conclusión natural de la historia de la madre del padre de mi madre. Por tanto, la historia al calor de las llamas tenía una finalidad más allá de calentarnos y propiciar el sueño. Es probable que todos los que asistíamos a esas jornadas terminamos siendo guías. En algún momento perdí todo contacto con cualquier pariente o conocido. No puedo precisar cuándo fue ese momento. Más bien se trató de un conjunto de instantes minúsculos que diluyeron la potencia del efecto de un gran y único momento. Aunque todos los momentos pueden ser divididos en otros menores, hay un punto en que es imposible seguir dividiendo. Quizá la Vladia dividida en tres partes era lo máximo en que se podía fraccionar. Es más difícil dividir en tres partes que en dos partes o incluso que en cuatro partes. No es que sea una actividad de una dificultad extrema, pero sin duda hubiese sido más fácil que la Vladia estuviera dividida en dos o en cuatro partes, como en efecto ocurrió más adelante durante un breve período. La mejor manera de dividir es en dos: día y noche, rojo y negro, dentro de Vladik y fuera de Vladik, guerra y paz. El cuerpo humano está dividido en tres partes: cabeza, tronco y extremidades. Aunque bien podría estar dividido en dos: lo vital y lo no vital. Hay elementos que pueden quitarse y otros que no. La cabeza es vital porque concentra la mayor parte de los sentidos como la vista, el gusto, el olfato, el oído y el pensamiento. El torso pudiera ser más importante todavía porque además de variados órganos contiene el estómago donde se gesta la nutrición, las emociones y el lenguaje, que es la prefiguración del pensamiento. Una vaquita cambray puede funcionar sin muchos de sus órganos, pero un ser humano posiblemente no. Durante una caravana conocí a un hombre al que le faltaban partes no vitales, a saber, sus cuatro extremidades. No las había perdido debido a la explosión de una mina terrestre, sino en otras circunstancias. A veces tengo la certeza de que ese hombre estaba en la historia que la madre del padre de mi madre nos contaba junto al fuego. Una vez me impresioné ante la posibilidad de conocerlo de ambos lugares: primero en la historia y luego en persona. Sin embargo, todas las sorpresas se diluyen y pronto pasan a ser consideradas normalidades, bagatelas. También es probable que el hombre sin extremidades no haya estado en la historia contada junto al fuego ni que tampoco lo haya conocido en persona. Aun así, existe y está aquí desde el primer momento que lo nombré. Lo cierto es que el hombre esperaba un tren que lo sacara de Vladik. Ni en el recuerdo o la imaginación lo vi subirse al supuesto tren. De alguna manera el retraso del tren confirmaba su existencia. Se retrasa, luego existe. "En el fondo, los trenes están diseñados para retrasarse. Durante los retrasos de los trenes es cuando ocurre la vida", dijo el hombre en el invisible andén. Durante bastante tiempo me preocupó que, en caso de que sí llegara el tren, el hombre no pudiera abordarlo a causa de su impedimento físico. Esa preocupación se me reiteraba como una pesadilla. Era probable que el hombre sin extremidades que esperaba el tren también fuese un sueño repetido. Con los sueños recurrentes sucede como con la historia de la madre del padre de mi madre, empiezan siempre en el mismo punto y no terminan de acabar. "Antes de perder mis partes no vitales me desplazaba con notable rapidez", dijo el hombre sin extremidades. No recuerdo si eso me lo dijo él a mí, o alguien en la historia de la madre del padre de mi madre decía que el hombre lo había dicho. El hecho es que él se desplazaba con extrema rapidez cuando poseía todas sus partes. Era uno de los atletas más destacados de su tiempo. Se dedicaba a correr en competiciones deportivas y en cualquier circunstancia que ameritara su desplazamiento, como comprar el pan o ir a un mirador a ver el atardecer. Ahora que lo recuerdo bien, el hombre sin extremidades que yo conocí en la caravana era diferente al de la historia que contaba la madre del padre de mi madre. Sí, eran dos, muy parecidos entre sí; lo que tenían en común era justo aquello de lo que carecían. Es habitual que un grupo de personas desconocidas sean recordadas como si fuesen una sola. Un decapitador es todos los decapitadores que existen. Lo mismo ocurre con los tarotistas, las arquitectas, los guías. Cuando me desempeño como guía soy todos los guías que han existido y los que existirán. Los guías tratamos de ser homogéneos en nuestros actos, es decir, procuramos no fallar. Si fuésemos muy dispares sería difícil que alguien pudiera llamarnos con una misma palabra. Un hombre sin extremidades también es todos los hombres sin extremidades que existen. Claro que habría que distinguir entre quienes las perdieron a causa de la explosión de una mina antipersona y quienes no. El hombre de la historia de la madre del padre de mi madre no las perdió a causa de una mina. Antes de perder su primera pierna era un atleta que destacaba por su velocidad. Un atleta es todos los atletas, pero hay sutilezas que los distinguen según la cantidad de medallas recibidas. Las medallas de oro exhibían el torso del príncipe Vladik en una cara, y sus partes traseras en la otra. Las de plata y bronce no tenían su figura, se consideraban inferiores e indignas. "Ganar una medalla de plata era el premio a la derrota", dijo el hombre sin extremidades, y agregó: "Si la mafia apostó por nosotros y quedamos en segundo o tercer lugar, las medallas de plata y bronce se convierten en una sentencia. La severidad del castigo depende de la magnitud de la apuesta realizada. Después de años de cosechar medallas de oro recibí una de plata. Debí haberme retirado invicto y entonces aún conservaría mi pierna. La mafia sabe bien donde golpear (retorcer, tullir, cercenar, desgarrar, quemar) cuando sus intereses son contrariados. Con una sola pierna empecé a correr a la mitad de la velocidad que lo hacía cuando estaba completo. A la mafia no le gustó mi chiste y volvieron por mí. Haber perdido ambas piernas me libró de combatir en la primera guerra vládika; me reclutaron como telegrafista y durante un bombardeo perdí ambos brazos. Recibí dos medallas al mérito, de madera con recubrimiento de plata". "El bombardeo de la estación de telégrafos ocurrió después de la última batalla de la guerra; minutos antes de la firma del armisticio. Aunque ya no era necesaria la maniobra, el avión bombardero efectuó sus deposiciones para deshacerse de las últimas bombas y no tentar su uso en los venideros tiempos de paz", leyó el hombre sin extremidades en uno de los periódicos que circulaban de manera clandestina. "La primera batalla de la primera guerra vládika no fue ninguna de las descritas a cielo abierto, ni en trincheras, ni en las cuevas. Tampoco fue la primera lluvia de misiles que formaron arcoíris negros en el cielo. En realidad, la primera escaramuza de la guerra consistió en un par de bofetones resonantes dados al príncipe Vladik en alguna salita de palacio", decía el artículo del periódico clandestino firmado con las siglas *FS*. "Firmábamos así para cubrir nuestra identidad. En realidad las siglas no representaban nombres, sino secuencias de mensajes en clave", dijo la periodista FS. "Los periódicos circulaban sin fecha y a veces en tirajes de únicos ejemplares; se hacía lo que se podía. Los artículos más comprometedores los imprimíamos en la tipografía más pequeña posible. Para ello empleábamos maquinaría diminuta, difícil de conseguir incluso en el mercado negro, pero que una vez obtenida tenía la ventaja de su portabilidad y almacenamiento. En una habitación de dos por dos metros se podían guardar ciento veinticinco de estas imprentas miniatura. Un periódico clandestino cabía en la palma de la mano o dentro del oído si se le doblaba bien. En consecuencia, las revisiones en los puestos de control se volvieron más exhaustivas. Cualquier trozo de basurita en algún resquicio del cuerpo se consideraba material subversivo. Me atraparon no por transportar uno de los periódicos insurrectos, sino por presentar en la droguería una receta médica donde se especificaban los miligramos de un compuesto para la migraña. La migraña era una consecuencia inevitable de imprimir esos textos milimétricos. Sabido es que los médicos de todos los tiempos y lugares suelen escribir en jeroglíficos. No me creyeron cuando expliqué que se trataba de la misma receta que mi doctora de cabecera me firmaba cada mes. Me apresaron en el acto. Un especialista en criptografía dictaminó que el papel no era un récipe que prescribía «25 miligramos de láudano», sino un panfleto difamatorio que decía «el príncipe Vladik caga de pie». Viéndolo bien, la receta médica, indescifrable, podía decir ambas cosas o ninguna. Nos encarcelaron a los dos, a mí y al criptógrafo, los oficiales de la *securitae* consintieron en que era probable que el especialista en criptografía hubiese inventado el mensaje que decía leer en el papel", dijo la periodista aquejada de migrañas. "La prisión donde me llevaron era de mínima seguridad y la mayoría de los reclusos éramos criptógrafos caídos en desgracia. Algunos confesaban que sí habían alterado mensajes inocuos con el fin de expresar lo que ellos mismos pensaban, aunque esto implicara acusar en falso a un inocente. Todos los detenidos llevábamos máscaras de cuero para no distinguirnos unos de otros. Después de las primeras semanas yo mismo no podía saber quién era yo. Tampoco podía decir a ciencia cierta qué decía verdaderamente la supuesta receta médica que me dieron a interpretar. Una vez a la semana nos llevaban a un amplio jardín, detrás de cuyas cercas electrificadas grupos de obreros construían urnas de madera. Todas las cajas parecían iguales a lo lejos, pero en el fondo creí poder diferenciar una que me gustaba por encima de las demás; si el proceso judicial que me esperaba no me resultaba favorable, esa caja podía ser la mía. Durante la primera guerra el negocio de los ataúdes había crecido bastante. Se había acordado, como medida humanitaria tras el armisticio, que ningún cuerpo sin identificar sería arrojado a una fosa común. *Nunca más.* Hay cierto privilegio en terminar dentro de una caja, con un ritual y algunas flores", dijo el criptógrafo encarcelado. "Nos pagaban no por caja terminada, sino por cada caja que era utilizada. Un día concluí la hechura de veinticuatro cajas, una cada hora. Aunque en realidad fueron dos cajas cada hora, ya que nuestra jornada era de doce horas. No eran cajas de gran calidad pero sí bastantes funcionales. Es probable que se descompongan primero que las ropas de los cuerpos que contienen. Una ocasión, empezó a nevar en el jardín de la penitenciaría. Nunca había nevado en esta zona. De hecho, en todo el Caribe nunca había nevado hasta donde tengo noticia. Era una nieve seca parecida a la ceniza. Jamás había visto la nieve, así que no tenía punto de comparación, apenas una idea vaga heredada de algunas películas. Semanas después supimos que no se trataba de nieve: eran cientos de miles de periódicos clandestinos. Quienes lograron leerlos nos informaron que el príncipe Vladik había muerto y que la división entre Vladik del norte y Vladik del sur resultante de la guerra se revertía para volver a ser Vladik del este y Vladik del oeste. Otro periódico explicaba que, tras la muerte del héroe epónimo, los herederos principales acordaron unificar todo en un solo Vladik, y que después de las fiestas fúnebres habría una amnistía del once por ciento de presos políticos. Ya todos los prisioneros estaban guardados en sus cajas cuando los directores del penal nos confirmaron que las noticias de la nieve eran ciertas", dijo uno de los carpinteros de ataúdes. "Durante varios años, guardé un ejemplar de uno de esos periódicos llovidos. Como no sabía leer, una de las reclusas me tradujo el contenido del recuadrito de papel", dijo el director del penal. "Siempre se ha tenido conciencia de que el número de las formas en que se manifiesta la historia es limitado; de que las edades, las épocas, las situaciones, las personas, se repiten en forma típica. Al estudiar la aparición en la escena política del príncipe Vladik, es común que se mire a Hitler o a Stalin, luego se dirija una mirada a Napoleón, una a César y otra a Alejandro", decía el texto del artículo en el diminuto pedazo de papel firmado por el escritor OS. "No estaba seguro de si esa hojuela de caracteres microscópicos era material subversivo, así que la escondí dentro del mecanismo de un reloj. Era un reloj de bolsillo que mi abuelo había llevado consigo cuando la revolución roja y que su padre le había heredado cuando la revolución azul y el padre de este le había obsequiado cuando la revolución amarilla", dijo un figurante. "Le di tres monedas de coltán a cambio del relojito. El reloj era de oro y no daba la hora. Se dice que todo reloj, aunque esté dañado, da la hora correcta al menos una vez al día. Este relojito ni siquiera para eso servía. El reloj era como un hombre sin extremidades. Se le habían caído las manecillas; sin embargo sus engranajes parecían latir. Lo hice derretir con otras piezas y me confeccioné un anillo. Me quedaba muy bien, me hacía resaltar mis manos finas y adineradas en las reuniones sociales a las que todo prestamista debía asistir. Nuestro gremio no es dado a los excesos, un modesto anillo era el punto exacto de la presunción. No me gustaba que me besaran el anillo, pero era un gesto socialmente necesario cuando uno estaba con alguien de ralea inferior. Dependiendo de la calidad de la persona es el beso recibido. Los filósofos suelen dar besos despectivos, mientras que los cazadores de ratas de mi barrio me chupan el dedo en un acto lúbrico que suele prolongarse varios minutos", dijo el prestamista. "Las ratas son el problema más persistente de Vladik. Su presencia se acentúa en tiempos de paz. Con la paz vuelven las ratas a las ciudades y las colonizan hasta que es necesaria otra guerra", le dijo el filósofo al cazador de ratas de su vecindario. "Las ratas siempre han ido de la mano de la civilización. Los avances tecnológicos que surgen en cada guerra moldean los genes de las ratas, las hacen evolucionar de golpe. Las guerras no solo sirven para menguar el exceso de población de personas, también disminuyen a las ratas y su futura inteligencia. Cuando el equilibrio está por descender por debajo del nivel del mar, las ratas y los seres humanos corren el riesgo de desaparecer, entonces, hay que apurarse a firmar algún acuerdo de paz. La cantidad de ratas que abundan en el vecindario nos indica que estamos cerca de una nueva guerra. La siguiente guerra será la definitiva. Dios ha muerto. El lenguaje ha muerto. La ciencia ha muerto. De esta trilogía de despojos ha nacido un nuevo bebé, la rata mayúscula contra la que debemos enfrentarnos", recitó el filósofo quien se había quedado solo durante su parlamento. Por costumbre académica procedió a enumerar la bibliografía básica de donde procedían la mayoría de sus citas célebres: "*La guerra de las Vladias, La Decadencia de Occidente, de Oriente y de todo lo que les rodea, El Prínchippe, El sitio de Soria, Comentarios a la obra de De Selby, Del buen vládiko, Cartas a los tesalonicenses, Cartas a los gettysburgueses, Cartas a los cartagineses o el colmo de un cartista.* Todos estos libros están en la biblioteca de mis habitaciones para su libre consulta", dijo el filósofo a su auditorio de ratas que con sus orejitas enhiestas parecían escucharlo con inquietud. La casera del filósofo dijo no haber encontrado ninguno de esos libros en la habitación de su desaparecido inquilino monologante. En cambio halló centenas de recortes de revistas y folletos publicitarios pegados a la pared. Al parecer el filósofo tenía una obsesión por los recortes de cochecitos de bebé. La casera no había removido los recortes de las paredes porque ciertamente disimulaban el mal estado de sus muros. "Nunca pensé que pudiera haber tantos modelos diferentes de cochecitos de bebé", dijo el nuevo inquilino, impresionado. "Cuando desconocemos un mundo tendemos a generalizarlo, pero una vez que nos sumergimos en él empezamos a notar los muchísimos detalles y variedades", dijo el plomero que reparaba las instalaciones sanitarias de la habitación. "Ocurre lo mismo con el universo marítimo; quien tan solo puede nombrar y distinguir cien especies de peces tiene una visión pobre y superficial de todo lo que hay bajo el agua", dijo otra inquilina del lugar que en el pasado se había dedicado a la exploración submarina. "También ocurre lo mismo con los barcos que aún se mantienen a flote", dijo otro inquilino que de inmediato procedió a recitar el catálogo de los buques de guerra y cargueros petroleros que por miles llenaban las costas vládikas. "O con los lepidópteros", dijo un entomólogo. "O con los sonetos", dijo un estudiante de Alcalá. "O con la diversa cantidad de maromas sutiles que puede ejecutar un caballo", dijo un equitador. "O con todos los himnos nacionales, estatales, municipales y locales", dijo un antiguo compositor de himnos vládikos. Como se ve, era un vecindario donde todos eran apasionados de su profesión. Los cortó la casera quien, tras muchos años en su oficio, se había nutrido de las variadas opiniones de su caterva de inquilinos; les dijo a todos: "el tiempo nos va a confundir y olvidaremos que había tal cantidad de modelos de cochecitos de bebé o incluso que había cochecitos de bebés, o incluso más, olvidaremos que había bebés". Un ingeniero genetista asintió con vehemencia a sus palabras. "No importa cuántos registros, catálogos, bibliotecas o soportes existan para conservar el presente. A lo largo de la historia por venir nos ahogaremos, nos quemaremos y nos dormiremos balanceándonos con la soga al cuello, perderemos y recuperaremos la capacidad de hablar y de leer, olvidaremos todo salvo algunos puntuales arquetipos. Incluso hoy, con toda la tecnología de que disponen los bibliotecólogos, ¿hay forma de saber si el verdadero autor de los tratados místicos *El Aleph* y *El Zahir* fue un tal Borges o un tal Coelho, si el trovador Arhona era morisco o converso, o si el fulano Nobel en realidad vivió ciento setenta años y escribió los mil novecientos noventa y ocho libros que se le atribuyen?", dijo un escéptico profesional. Una ingeniera museística que trabajaba en la curaduría del acervo vládiko se mordió la lengua para no contestarle de mala manera al escéptico que la memoria y las hazañas del príncipe Vladik perdurarían más de diez mil años y que aunque la humanidad se extinguiera otras especies animales y vegetales sabrían reconocer la valía de nuestro prohombre. La museíta evitó su comentario porque debía muchas fichas de coltán de varios meses de renta y prefería no llamar la atención sobre su persona. "El príncipe Vladik tenía una mano torpe para el dibujo pero era un excelente acuarelista abstracto", había escrito la museíta en el catálogo de bienvenida del museo de las glorias vládikas. "Sus manchas nos hablan premonitoriamente de paisajes sórdidos, esbozan un mundo de horror pero también de redención. Incluso la firma de sus pinturas, esa V seguida de lo que parece una lectura del ritmo cardíaco está trazada con una maestría y finura digna de los maestros del *quattrocento* y del *cinquecento*. De ahí que todos sus decretos, diarios, agendas protocolares (en las que se leía, por ejemplo: «*Lunes, Invadir La Toscana. Martes, hacer arepitas de papelón. Miércoles, sembrar la duda entre los habitantes de Bretaña. Jueves, eliminar por decreto dos colores del círculo cromático. Viernes, anexarnos Yucatán y Nuevo Texas. Sábado, quemar la parte sobrante del Amazonas. Domingo, descanso y tarde de series para desestresarme*») y demás documentos que contengan su firma sagrada son considerados piezas de arte de valor incalculabilísimo", decía el catálogo del museo de las glorias vládikas. "Durante un tiempo", dijo un historiador vládiko que vivía en otra pensión vecina de similares características, "no hubo para los habitantes de Vladik más pasaporte y nacionalidad que esa V de ribetes geométricos decrecientes en la que se resumía toda la esencia de una nación, sus miedos, sus luchas, sus ilusiones. Yo mismo me hice tatuar esa rúbrica en el prepucio para revivir la grandeza de su nombre con cada representación del acto carnal". "Cuando sus erecciones dejaron de producirse y el historiador estaba decidido a practicarse el harakiri o la cianúrica, ocurrió la ocupación China que, aunque duró apenas siete minutos, trajo novedosos inventos, entre ellos la pastilla roja con efectos eréctiles", dijo la historiadora del historiador. "Quizá la ocupación duró más tiempo, no lo recuerdo porque no estaba allí, pero lo cierto es que fue breve y a cambio de llevarse tres cuartos de nuestras reservas de coltán nos trajeron: el equipo de cómputo desechable, las batas de seda, las bicicletas de bambú, el teatro de sombras, las cajas chinas, el arroz chino, la tinta china, las galletas chinas, las tacitas de porcelana china, el dólar chino, los *panzers* chinos, el camembert chino, la tlayuda china, el whiskey de Bourbon chino, el jamón de Teruel chino, el pisco chileno chino, el pisco peruano chino, el Aceto Balsámico Tradizionale di Reggio Emilia chino y las ciudades fantasmas que en el futuro tendrán el mismo efecto de los ejércitos de terracotas chinos producidos para intimidar y engañar al enemigo. Los inventos no se fabricaban en China, se hacían en barcos que cruzaban el Pacífico a velocidades sorprendentes mientras manitas diligentes se dedicaban con velocidad aún mayor a doblar, cortar, pegar, coser, ensamblar, madurar, embalar, maquillar y etiquetar todos los productos que llegaban a nuestros puertos", dijo la historiadora del historiador. "Uno de los últimos barcos que atracó en los puertos vládikos durante la breve ocupación china traía unas réplicas más o menos exactas de los mejores futbolistas del momento. Con respecto a los originales variaban en sutilezas como su forma oblicua de mirar, su musculatura que se desgarraba fácilmente y sus nombres, que sonaban casi igual a los originales pero se escribían diferente", explicó un hincha que había convertido su fervor por el béisbol en fervor por el balompié. "Tuvimos la mala suerte de que no nos dejaran ir al mundial, la nueva excusa era la segunda guerra vládika; no hallan que inventarse los de la federación, siempre se sacan de la manga cualquier pretexto para dejarnos por fuera. Nuestro equipo estrella fue guardado en un depósito de un miserable pueblito de Vladik que terminó ardiendo de ve a ka. Esa era nuestra verdadera tragedia nacional, no la guerra, ni la paz, sino que nunca competiríamos en un mundial de futbol", dijo el fanático con lágrimas en los ojos. "El fuego se volvió incontrolable, las llamaradas se erguían en remolinos que arrasaron primero mi sótano, mi sala, mi buhardilla, luego las casas vecinas, después la iglesia, los almacenes, el frigorífico, el parquecito, la sede del Partido y buena parte del bosque. No había unidades de bomberos disponibles y casi todos los habitantes estaban esa noche en una asamblea popular donde se les informaba de las recientes victorias de la guerra", dijo la patatera, una sobreviviente del incendio. "Faltan no más de tres batallas, ya alcanzaremos en breve el pico máximo de la guerra y en dos semanas podremos retornar a nuestras actividades y vivir normalmente, sin pesares ni preocupaciones", repetía por enésima vez el orador del mitin, un funcionario que enviaban de la capital cada quince días. "Yo asistía a todos los mítines, pero justo a ese no me presenté; me encontraba sumida en tareas más importantes que no terminaron como había previsto", dijo la patatera. "Estábamos en un momento de la guerra en el que si uno se encontraba con un enemigo era una falta moral y marcial liquidarlo sin antes haber hecho el esfuerzo de capturarlo y entregarlo vivo a las autoridades con el fin de destinarlo a labores en los centros metalúrgicos, o insertarlos camuflados en las primeras filas de combate para servir como carne de dron. En principio era fácil reconocer a un enemigo por sus estandartes, por su acento, por la textura de su piel y por otras características accesorias, pero siempre pensé que debía haber algo más", prosiguió la patatera. "Yo nunca pude estar en el frente de combate debido a mis asuntos no resueltos con la obesidad y la miopía severa. Desde niña, cuando nos llegaban noticias de la primera guerra vládika deseaba con todo mi corazón que se terminara pronto para que cuando yo estuviera más grande, en el esplendor de mis fuerzas, tuviera lugar la segunda. En efecto, la primera guerra terminó con decisiva victoria para nuestro bando, pero fuimos tan condescendientes con los derrotados que al poco tiempo los dejamos estar muy cerca de nosotros, en nuestras fábricas, en nuestras escuelas, en nuestros centros hospitalarios. Fraguaron en pocos años la conspiración que nos fue enfermando y debilitando. Iniciaron, ahora desde adentro, una nueva guerra. Ahora yo tenía la edad, las fuerzas y más deseos que nunca para combatir, pero mis restricciones físicas me impedían estar en el frente dándolo todo para aplastar a los gusanos, nuestros enemigos. Durante los dos primeros años de la segunda guerra me alisté en lo que pudiera servir, así que estuve varios meses en una cocina que surtía a los regimientos que aún no partían al frente. Era lo más cerca de la guerra que me permitirían estar. En la cocina me dieron de baja por un asunto relacionado con las patatas; se insinuó que las usaba para mi consumo personal. El asunto no pudo ser probado, así que no pasó a juicio marcial, aunque sí me quedó el honor herido. Ya ni deseaba que hubiese una tercera guerra vládika en la que yo tuviera mejores condiciones de participar. Aunque en el futuro era probable que gracias a toda nuestra gloriosa ingeniera médica se me dotara de una musculatura y visión apta para el combate, eso ya no importaría pues no habría tercera guerra. Durante la segunda guerra vládika teníamos una certeza plena como la luna llena, irrevocable, absoluta, total, de que terminado el conflicto armado no habría nadie a quien combatir porque la paz que estábamos construyendo aniquilaría esta vez para siempre a todos nuestros enemigos, presentes y futuros. Así de grande era nuestra convicción. A pesar de que la patria sería eterna, persistía mi melancolía; sentía que me faltaría algo esencial cuando me tocara celebrar la victoria desde mi zona segura, detrás de la barda, sin haber recibido una medalla, una bala, ni cumplimentado algún mérito menor como no fuera el haber batido un récord de pelar y freír patatas, ¡sopotocientas tres toneladas en veintiún días! Un récord que también era burla y que nadie en el futuro relacionaría con victoria alguna. La guerra se me iba yendo, y aunque íbamos ganando me entristecía mi inutilidad. Regaba mis crisantemos para luego escuchar en la radio noticias de nuestras victorias que yo celebraba con fervor aunque me sintiera poco merecedora de esos triunfos. No tenía otro talento que compensara mis debilidades físicas, no desarrollaría un misil, ni un artilugio genético, ni protocolos del gas. Era y sería una simple patatera que ni siquiera pudo conservar ese puesto. Había comandantas, capitanas, generalas, soldadas rasas que mordieron el polvo y derramaron sangre en la batalla, que habían cosechado victorias o al menos habían muerto dignamente en las escaramuzas que resultaron poco favorables para nuestro bando. Después de una pesquisa exhaustiva en el futuro, sus nombres podrán ser encontrados en algún anuario o memorial que recordara a los participantes menores. El mío no. Mi apellido, mi nombre y mi apodo morirían con mi cuerpo, y aunque la patria iba a durar esta vez para siempre, mi tránsito por ella no iba a ser más que el de un mamífero menor. Mi preocupación no era la de la mayoría: seguir con vida para ver la victoria; yo ansiaba poder colaborar de algún modo concreto. Una tarde de domingo, cuando salía de una verbena del edificio local del Partido, decidí tomar un rumbo alejado de la ruta principal atravesando el bosque que ponía coto a nuestro pueblo. No quería retornar a mi sofá junto a la radio para seguir estando en la guerra como espectadora de cuarta o quinta fila. El bosque en breve me consumió en su densidad para mí inusitada. No supe calibrar la llegada de la noche; me caí, me rasguñé, perdí mis anteojos y durante un buen rato anduve a gatas en el fango sin lograr ponerme de pie. Me quedé gimiendo mientras avanzaba en cuatro patas con las piernas y los antebrazos empapados de materia oscura y fría. Gateé hasta que vislumbré un hombre que había hecho de esa sección del bosque su refugio: tenía una lona colgada entre dos ramas, un par de ollas, una mochila, latas vacías. Sobre una fogata minúscula asaba los restos de un animal. Hubiese preferido que nadie me viese en esas condiciones, quería penar mi comedia en secreto, pero por otra parte no era capaz de volver sola a la ruta principal para retomar el camino que me era familiar. El hombre no dijo nada cuando me vio, me miró a mí y a su comida humeante, como si temiera perderla. Cuando me acerqué un poco más, noté que era un adolescente envejecido por las experiencias directas o laterales de la guerra. Me di cuenta, por sus botas, que sí había estado en el frente, pero no en el nuestro. Me sentí estúpida por no haber percibido ese detalle al primer vistazo. Luego me felicité, pues pese a todas las circunstancias que me abrumaban (la oscuridad, los lentes perdidos, el barro frío, la incertidumbre) tuve la sagacidad suficiente para deducir que por sus botas se trataba de un enemigo. No cualquiera lo hubiese notado. Más meritorio fue que mantuve el temple y no me delaté, no perdí la compostura y le hablé con tono amigable. Le dije que entendía su situación y que si nos acompañábamos uno al otro estaríamos bien. Le ofrecí una comida decente, víveres y un baño si me guiaba fuera del bosque. Él fingió desconfiar, fingió debilidad y fingió recoger todas sus cosas para marcharse lejos de mí. Yo fingí llorar y lamentarme de que moriría si él me dejaba allí abandonada. Le volví a ofrecer comida, ropas y le insistí en que no debía temerme, que yo estaba tan asustada y extraviada como él. Fingió conmoverse. Seguro planificaba algo monstruoso. Empezamos a caminar. Su estado era mucho más terrible que el mío; mi suciedad era temporal, en cambio la suya le rezumaba desde las células. Íbamos codo a codo, pisando con cuidado porque la oscuridad se había cerrado sobre sí misma. Para hacer más soportable su presencia y su olor, le conté algunas cosas sobre mí, de mi trabajo en la cocina como peladora de patatas, de lo cansada que me tenía la guerra, de mi soledad y de mi desocupada buhardilla que él podría ocupar el tiempo que necesitara para reponerse. Igualados en apariencia por el fango que nos cubría, sentí que se relajó. Le pedí, como muestra de confianza, que me contara cómo había llegado hasta estos bosques tan alejados de los frentes de combate. Primero dudó, o fingió hacerlo. Luego se dio cuenta de que si era reticente conmigo yo podría cambiar de parecer y negarle el acceso a mi morada, a mi calor, a mis alimentos. El soldadito me contó que había tenido la fortuna de no combatir en el frente, lo habían asignado a un taller en el que debía aceitar las piezas de artillería que se trasladarían a la frontera para contrarrestar nuestros bombarderos. Nunca disparó un arma ni accionó un mecanismo que hubiese atentado directamente contra la vida de uno de los nuestros, insistió. El soldadito había permanecido en ese monótono anonimato hasta que un teniente se encariñó con él y se lo llevó a sus barracas como su asistente de cámara. Tal figura no existía en el organigrama pero el teniente sabía cómo mover sus influencias; publicaba una columna dominical en el encartado castrense donde veneraba o criticaba las novedades tácticas de sus colegas. Aunque era generoso con los más jóvenes, solía ensañarse con sus contemporáneos, sobre todo si estos ganaban algún premio por una batalla, por fraguar un asedio, o por el desarrollo de algún armamento novedoso que rompiera con el clasicismo de los arietes, los obuses, las catapultas, las ballestas, las guerras de trincheras... instrumentos y técnicas efectivos pero hasta cierto punto manidos y que no ofrecían ninguna vuelta de tuerca en el arte de la guerra. El teniente era un ferviente defensor de la experimentación, de la vanguardia, de la constante renovación; sin embargo, advertía del peligro de los efectos vanguardistas sin sustrato que a la larga debilitaban la tradición de una estructura militar sólida como la vládika. "Lo vanguardista debe renovarse en su propio devenir, no debe dejarse envejecer ni un día porque lo vanguardista es menos duradero que el pan, a la mañana siguiente está obsoleto", escribía en su columna semanal. En fin, para quedar bien con el teniente y no ser blanco de sus críticas, sus subalternos y superiores le complacían sus caprichos, como el de otorgarle un asistente de cámara. No había nada anormal en el trato del teniente hacia el soldadito salvo que lo hacía vestir con uniforme de mujer, que por lo demás era el mismo de los hombres solo que más elástico en la cintura y con tres botones adicionales en el pantalón y en la casaca. Habría que ser un ingeniero textil o un intendente de almacén para notar esas minúsculas diferencias. El mismo soldadito no sabía de qué se trataba hasta que el teniente le reveló su fantasía, entonces empezó a andarse con cuidado, evitando mirarlo a los ojos. El teniente consoló a su asistente de cámara diciéndole que no debía temer. Le dijo que el asunto del uniforme no se trataba de ninguna patología perversa de tintes eróticos, sino que el soldadito vestido con esas ropas le recordaba a su hija, una cadete muerta durante los primeros combates de la guerra. "Mi hija nunca había querido pertenecer a la milicia, de hecho hasta la mitad de su adolescencia fue una activista pacifista a quien se le condonó la pena capital a cambio de unirse al batallón de contraespionaje. Antes de esto, asistía a marchas antibélicas, ondeaba pancartas, repartía panfletos, participaba en eventos multitudinarios de yoga por la paz, lanzaba palomas blancas y flores a los guardias del ministerio de guerra. Cuando ella y su grupo se dieron cuenta de que sus actividades juveniles eran estériles, empezaron a colocar bombas, incendiar almacenes, secuestrar parientes de miembros de las fuerzas policiales y militares. Ella misma nunca participó directamente en las acciones, pero ayudaba a trazar las disposiciones logísticas para llevarlas a cabo. Aprendió la guerra tratando de combatirla y descubrió que le gustaban las tácticas de asedio, la planificación de emboscadas, la destrucción de parques de armas y sobre todo los efectos colaterales.

Daba igual quién era el enemigo, la intensidad misma del juego era lo que le importaba y la nutría. Fue su novio quien la delató, por voluntad propia", le dijo el teniente al soldadito. "Creo que llegamos a un punto de quiebre y, más allá de la paz, no veo la posibilidad de una vida en común. No me visualizo como una madre convencional encargada de la buena alimentación de los hombres y de una procreación sostenida; además nunca me gustaron tu barba ni tu guitarrita", le dijo la hija del teniente a su novio en los momentos finales de la relación. Su novio se había hecho la idea de que cuando lograran imponer la paz mundial mediante el exterminio de todos los elementos de guerra se retirarían juntos a un lugar bucólico en el que podrían tocar la guitarra y hacer yoga todo el día, tener muchísimos hijos que poblarían el planeta con una raza de hombres y mujeres pacíficos como los genes que ambos portaban. La hija del teniente le había pedido tomar distancia un tiempo mientras aclaraban sus ideas, pero el novio se quedó inquieto temiendo lo peor, es decir, que lo dejaran solo y que la raza de hombres y mujeres de paz se frustrara. "Si no está conmigo, no estará con nadie más", le dijo el novio de la hija del teniente a su corredor de bolsa mientras este le asesoraba sobre la conveniencia de comprar acciones Mozart, Brahms o W. El novio no entendía muy bien del tema; sí comprendía las fluctuaciones de la bolsa, pero no esos nombres polacos, así que le dijo al corredor que no invirtiera en ellos. El corredor del novio de la hija del teniente ignoró los comentarios de su amigo y cliente, y colocó casi todo el capital de éste en acciones W, quien había sido uno de los compositores oficiales del Partido. Como es sabido, las acciones suben o bajan según las personas escuchen o mencionen a los músicos en cuestión. Pero justo ese año –que era el cuatricentenario de Mendelssohn y en todas las ciudades del poniente y otras tantas de oriente sonaban sin parar sus sinfonías y conciertos para violín– las acciones W cayeron en picada; el corredor no había tomado la precaución de establecer un tope de pérdida y todo el patrimonio del novio de la hija de la teniente se esfumó. No fue el único cliente que se vio perjudicado por el cuatricentenario del que ningún otro corredor se había percatado; aquello fue un efecto dominó que afectó a todas las casas de bolsa del planeta. A pesar de la debacle financiera, el corredor pudo retener a muchos inversionistas que aún podían soportar unos pocos años de pérdida; les explicó que en algún momento llegaría el centenario de W y con toda seguridad sus acciones repuntarían. También, aunque no lo había revelado, el corredor de bolsa del novio de la hija del teniente había concebido un ardid que podía ayudar a que en pocos meses repuntaran las inversiones de quienes aún seguían en su cartera. El corredor tenía buenos contactos con los directivos de uno de los conservatorios más relevantes del poniente; de hecho, había estado casado con quien era su directora general. Aquella fue una separación sin traumas, llevaban una buena relación y habían decidido que ninguno de los dos criaría a los niños que habían tenido; la idea era que ambos pudieran empezar una vida sana y desde cero, con la posibilidad incluso de que ocurrieran las condiciones para volverse a enamorar sin el lastre de la procreación previa. Así que el corredor sabía de buena fuente que se estaba avanzando en secreto en la construcción del Soriator, uno de los auditorios más relevantes del poniente con capacidad para una orquesta enorme de más de siete mil músicos, seiscientos violines, doscientos trombones, ciento ocho pianos, novecientos triángulos, etc., con podios para veinte directores principales y noventa directores asistentes. Aún no se decidía cuál sería el programa de la temporada de estreno, pero si la directora movía sus influencias para que el repertorio fuera el *Libro de las corrientes fluviales* de W (composición sinfónica que requería una cantidad similar de ejecutantes a los que admitía el futuro conservatorio) dichas acciones repuntarían. La directora general del conservatorio se negó a la petición de su exmarido el corredor, no porque le disgustara la idea ni porque le representara un conflicto ético o logístico, sino porque estaba muy perturbada: ese día había tenido una mala sesión con su terapeuta quien le había revuelto un episodio de la infancia que la directora había olvidado que había olvidado. "Sé que le cuesta creerlo. A veces algo está ahí tan enterrado que no podemos verlo; la mayoría de las veces somos nosotros quienes lo hemos enterrado, olvidamos que lo hicimos, pero un día cualquiera nos miramos las manos y nuestras uñas tienen restos de tierra", le dijo la terapeuta a la exesposa del corredor del novio de la hija del teniente. De hecho, la propia terapeuta tenía manchas en los dedos debido a que le gustaba llenar los crucigramas de periódicos viejos. Un marchante le conseguía ediciones peregrinas de crucigramas que con el tiempo habían pasado a considerarse piezas clásicas. "Los dioses de hoy serán las baratijas del mañana, por eso hay que imaginar cuáles serán las baratijas del mañana para saber cómo son los dioses de hoy", decía el marchante. Entre las rarezas más bellas que le había conseguido a su clienta estaba una edición, de casi un siglo de antigüedad, de un periódico de Montevideo en donde las palabras a descubrir en el crucigrama omitían todas las vocales a excepción de la u. "Una verdadera obra de orfebrería. Solo se conservan treinta y dos ejemplares de esta pieza, y de estos solo hay cinco intactos, sin responder. Pasó desapercibido en su momento, e incluso entre los más eruditos se le consideró una mala broma. Sé que no le arruino la hechura al haberle adelantado el ardid lipogramático, como todo buen clásico la resolución es irrelevante", le dijo el marchante a la terapeuta de la exesposa del corredor de bolsa del novio de la hija del teniente que había forzado al soldadito a cometer travestismo. "Seis meses antes de nuestro encuentro en el bosque, hubo una explosión en la sala de máquinas de su batallón y el soldadito resultó lesionado con heridas menores. Cuando lo llevaron al hospital, el médico de turno, ducho en la materia de los uniformes, descubrió su involuntario travestismo. El soldadito trató de explicar las circunstancias de su vestimenta, pero el médico levantó un informe rotundo. Al soldadito lo dieron de baja sin honores y después de varios días de detención lo mandaron en un convoy rumbo al regimiento donde le aplicarían juicio sumario y ejecución. Durante un descuido de sus cuidadores, el soldadito se dejó caer a un río tormentoso que lo transportó hacia unas orillas desconocidas, y tras caminar varios días a través de senderos oscuros se instaló en el bosque donde finalmente lo encontré. El camino de salida del bosque se me hizo tan breve y diáfano como su relato. Quizá yo había dado demasiadas vueltas cuando me extravié. En el bosque íbamos codo a codo, pero ya en la carretera le pedí al soldadito que avanzara a varios metros detrás de mí: no podía arriesgarme a que nos vieran juntos y que mis vecinos me creyeran estar cometiendo un grave delito de traición. El soldadito me siguió y unos minutos después de que yo había entrado a mi casa él se introdujo a través de la puerta que le había dejado entornada. Bajo la luz clara de mis lámparas, el soldadito lucía más temible aún; sin embargo, mantuve la compostura. Busqué mis lentes de repuesto y preparé un pollo horneado con patatas. Le dije que podía quedarse cuanto quisiera, que conmigo no corría peligro, yo era una miembro confiable de la comunidad y nadie sospecharía que le daba refugio. Le ofrecí el sótano, era más seguro y calientito que la buhardilla y además tenía un pequeño baño privado. Sonrió con sus dientes horribles. Fingí estar auténticamente feliz, pese a saber que mi invitado seguramente tramaba algo malévolo. Apenas pisó el primer escalón, lo empujé. Su propia caída era muestra de su intrínseca anomalía. No intentó colocar las manos para protegerse la cabeza; este es un reflejo que ellos, a diferencia de nosotros, no poseen. Aunque yo conocía al dedillo todas las indicaciones que nos había dado el Partido para reconocer al enemigo, pensé que muchas características podían disimularse mediante sus aviesos ardides; yo sospechaba que había otros rasgos decisivos que no podían ocultarse, que los hacían lejanos, como si ellos y nosotros fuéramos miembros de especies distintas. Sé que debí haberlo entregado a las autoridades; con ese mínimo gesto me habría asegurado una participación real en la guerra, por mínima que fuese. Con ello, al menos en mi modesta comunidad, yo hubiese sido celebrada y recordada no como la patatera, sino como la mujer que dio caza a un enemigo, un gusano, un infiltrado. Pero el honor patrio demanda ir un poco más allá, y yo estaba en circunstancias de dar ese poco más, de evadir el camino de los escenarios fáciles. Até al soldadito a una viga del sótano, lo afeité y lo lavé con una manguera, le di alimentos y agua. Quería, primero que nada, igualar nuestras condiciones; así podría evaluarlo de mejor manera, dejando de lado los juicios preexistentes para mirarlo desde una perspectiva límpida, científica. Ese sería mi gran aporte a la guerra: ofrecer una descripción detallada y minuciosa del enemigo, tanto para facilitar su detección temprana como para que no quedaran dudas de que no había familiaridad posible entre ellos y nosotros. Yo misma, claro está, me estaba ofreciendo también como parte del experimento, me estaba inmolando, entrando en un tipo de fuego inédito que no sabía cómo iba a impactar en mi cuerpo. Tenía el control, es verdad, pero igual me inundaba el miedo de no conocer las consecuencias. Busqué folios y pluma para anotar las circunstancias que explicaban la presencia de ese enemigo allí: en caso de que nos pasara algo o que lo descubrieran en mi sótano, quería dejar por escrito el porqué no lo había entregado o liquidado. No quería correr el riesgo de que me consideraran una traidora, escollo siempre implícito entre quienes se atreven a las tareas más heroicas. Dado que era estéril enfocarnos en las similitudes, que siempre las hay incluso entre especies u objetos disímiles, lo importante era apuntar las diferencias, las sutilezas, esos detalles mínimos en los que el mal hace su morada. La primera, ya mencionada, era su manera inescrupulosa de caer sin que sus reflejos se activaran para defenderse; si bien era una debilidad que nos favorecía (¡qué fácil debía ser darles caza en la explanada de la batalla!) también era un rasgo sintomático de una raza que está emparentada con la propia muerte y no con la vida. Hasta las reses más mentecatas se resisten con coces a entrar al matadero, el ciervo corre, la liebre se escabulle, la mosca hace maromas para despistarnos. En cambio el soldadito solo se dejó caer entregándose blandamente a su destino. Tras la caída no le pasó nada salvo la rotura de una clavícula y de la mandíbula. Su forma de dormir era sobremanera inquieta, como si estuviera maquinando estrategias de agresión; se movía en convulsiones incómodas. No creo que los de su estirpe tengan la capacidad de elaborar sueños, solo saben concebir planes. El soldadito se revolvía y temblaba como si tuviera un ataque de fiebre; quizá era una pantomima para que me compadeciera y lo liberara de sus ataduras. Es importante acotar que fiebre no tenía; de hecho su temperatura corporal era muy inferior al promedio de nosotros. Cuando se dice que son seres de sangre fría, no es mera expresión retórica; realmente el hielo corre por las tuberías de su cuerpo. Su lenguaje, si bien en todo es bastante similar al nuestro, tenía algo de estertor, como si desde un más allá una voz hablara por ellos, o como si el sonido de sus palabras se gestara en una caja torácica vacía donde no había nada, como la voz de las marionetas. Sus garras, aunque similares en grosor a nuestras uñas, eran oscuras y amenazantes; dañaron mi piso y sin duda lo hubiesen hecho con mi piel si le hubiese dado el menor chance. En cuanto a empatía no era posible saber si él se percataba de mi presencia; era como si estuviera en el más allá. Por más disgusto que su compañía me causara, yo sabía que él estaba allí, que a mi pesar formaba parte del mundo; en cambio él, además de unas súplicas ininteligibles dirigidas a quién sabe qué divinidad, me hacía sentir invisible. Su egoísmo lo hacía pensar solamente en su dolor y en sus desgracias; carecía de la sensibilidad de intentar tender un puente en el que pudiéramos realmente comunicarnos. Para él yo no existía más que como una entidad que le causaba malestar, no como un ser pensante y sensible. Incluso cuando le puse enfrente una fotografía de nuestro comandante-príncipe el soldadito no acusó ninguna señal de emoción, ni siquiera de rabia como era previsible en los enemigos de nuestra patria. Se vomitó sobre la imagen, lo que daba a entender el profundo asco que nos profesan. Un asunto quizá poco estudiado o difundido era el tema de sus erecciones; nuestros soldados vládikos manifiestan erecciones poderosas independientemente de las circunstancias; testigo visual de ello fui durante mi época en la cocina del regimiento. En cambio, me resultó imposible promover una erección firme y duradera en el soldadito. Además, su proceso de eyaculación me resultó del todo tortuoso. Cuando al fin logré que eyaculara, el resultado fue un semen frío y acuoso de poca calidad reproductiva; lo que me alivia, pues quizá (independientemente de nuestros esfuerzos en el campo) están condenados biológicamente a una paulatina extinción. En cuanto a otros fluidos, sus excrementos eran muy blandos, casi líquidos, de una coloración entre verdosa y amarilla. Y a diferencia de los nuestros, despedían un mal olor (terrible es poco) que no he logrado limpiar del todo y que quizá requiera de algo de combustible y fuego para desaparecerlo por completo". "Y en efecto, aunque nada de este pueblo queda en pie, salvo un puñado de vigas negras, todavía huele a mierda", dijo el conductor de uno de los convoyes de sembradores. Tenían la tarea de enterrar quince mil kilotones de minas en todos los caminos que condujeran a la frontera oeste de Vladik. Llevaban mapas con indicaciones muy precisas de dónde plantarlas y a qué profundidad. Desconocían que se trataba de minas antipersona; se les había dicho que los dispositivos eran delicadas semillas recubiertas de tegumentos metálicos, destinadas a cultivos hidropónicos que garantizarían la soberanía alimentaria de todo Vladik. Los del convoy se hacían llamar a sí mismos jardineros, sembradores o plantadores; cantaban con alegría pastoril mientras sus carromatos se perdían en el horizonte lejano de la patria. Como nadie los vigilaba y querían volver pronto a sus hogares, se pusieron de acuerdo para desechar todo su cargamento en las riberas de un inmenso lago cenagoso. Durante su trayecto no se dieron cuenta de que una antigua línea ferroviaria de rieles discretos discurría camuflada entre los matorrales y se perdía más allá de lo que sus miradas podían alcanzar. Ningún hombre o mujer, con o sin extremidades, les apareció a lo largo del camino.

IV

EPÍLOGOS

UNO

El vate amaneció enfermo. Llevaba horas menguando, disolviéndose con progresiva lentitud.

Su cuerpo tembloroso, empapado de fiebre, fue encontrado por los capataces al pie de una de las astas cerca de la costa, aferrado a los correajes como el marinero al mástil mientras pasa la música de la tormenta. Su rostro inexpresivo buscaba el cielo. Una baba oscura y pastosa le escurría de las comisuras de los labios. Bandadas de buitres lo sobrevolaban en círculos concéntricos, un tornado de plumas y pelos que no se decidía a bajar aún. La optometrista inspeccionó el cuerpo del vate. Estuvo un rato examinándole la mirada, escuchándole el pecho, escarbándole la cabellera.

"Nada hay que hacer. Intervenir en su agonía será prolongarla", gritó la optometrista a los anillos de curiosos que se fueron formando alrededor de la escena del crimen.

No hubo necesidad de levantarle los párpados. El vate dio su último suspiro con los ojos bien abiertos.

Los mirones se preguntaban si aquella pantomima era el método definitivo para salir de Vladik o se trataba de otro experimento fallido. Los más imaginativos mencionaron un par de leyendas de crucificados que tras el martirio ascendieron y escaparon de sus respectivos Vladiks. Los calculistas iniciaron sus cómputos: peso del vate, humedad relativa, temperatura absoluta, tensión de los correajes, inclinación y hundimiento del palo de madera en la arena. Sumaron, multiplicaron, cosificaron y elevaron a la tercera potencia cada uno de los datos; luego compararon sus resultados, ninguno coincidió y empezaron de nuevo, una y otra vez, como siempre.

Todos especulaban sobre las posibles causas de la muerte del vate. Pronto la diversidad de opiniones derivó en dos bandos, los que pensaban que se trataba de un crimen humano, y los convencidos de que era un crimen divino, es decir, muerte natural. En todo caso, las circunstancias y la nobleza del personaje ameritaban el inicio de un procedimiento judicial.

Los juicios en Vladik eran muy breves. Uno largo hacía dudar de su valía; la extensión les restaba contundencia, mientras que la brevedad dibujaba una verdad redonda y precisa que se podía asir y entender sin rodeos ni divagaciones. En el Vladik antiguo, los legisladores se consideraban auténticos poetas. Los poetas falsos, en cambio, se dedicaban a oficios variados: lavar coches, servir en restaurantes de comida rápida, conducir taxis, impartir clases, opinar sin tregua sobre todos los temas habidos y por haber, traficar con esclavos... Los legisladores eran los señores de la palabra, gozaban de todas las prerrogativas sobre el uso e invención de vocablos y expresiones. En aquel entonces se premiaban las mejores leyes y se les daba difusión provincial, nacional, regional, mundial o universal, dependiendo del calibre del legislador. Ellos casi nunca se interesaban en la reacción de sus lectores; no buscaban consenso, sino sensualidad y clarividencia a través del lenguaje. Proliferaban los recitales de leyes, contrapunteos que a veces daban pie a episodios de barbarie.

Existía la ley de la semana, la ley del año, la ley debutante, las diez leyes más prometedoras, las más vendidas, las más comentadas, las leyes de culto, las apócrifas... Había más leyes que súbditos capaces de leerlas; la sobreabundancia de normas derivaba en complicaciones innecesarias, contradicciones e imposibles. Una ley, por ejemplo, que dijera *Desnudar una almendra como un atleta amarillo yeminal* podía generar múltiples interpretaciones y omisiones. Incluso leyes tan diáfanas como *No rebasar por la derecha* o *No domesticar sin la aprobación del ejido* podían engendrar una exuberancia tropical de significados casi siempre con vuelcos sorprendentes. Las interpretaciones de los jueces creaban precedentes que se volvían tan abundantes y abstrusos como las propias leyes que, dependiendo de la época, podían estar redactadas en redondillas, alejandrinos, estampas realistas, viñetas impresionistas, interiores monologantes, etc. Las leyes eran reflejo del mundo en que se concebían. No solo servían para impartir orden, también debían entretener y ser gratas, innovadoras en sus formas, profundas y tormentosas inclusive.

Debido al tiempo que implicaría leerlas y comprenderlas, resultaba imposible acatar todas las leyes escritas; es más, no había forma de conocer la existencia de cada una de ellas. Un legislador de suburbios, no afiliado a ninguna camarilla, podía pasar años redactando sus leyes en absoluta soledad, las engavetaba, se moría y sus papeles póstumos eran descubiertos, celebrados y acatados años después; o las engavetaba, se moría y el casero rescataba los restos de papeles mordisqueados por las polillas y los echaba al fuego junto a las pocas pertenencias del solitario legislador.

El Partido aprobaba o proscribía las leyes circulantes sin mucho énfasis, no se daba abasto para examinarlas a fondo. Su control sobre el país era tan absoluto que se podía permitir deslices, traiciones, insubordinaciones, motines, levantamientos, revueltas, insurrecciones, conspiraciones... era como Dios: se le podía hacer lo que sea sin despeinarle un solo pelo. Cualquier golpe al Partido era lo mismo que un batallón de diez millones de hormigas podía hacer contra el mar. Así que en la práctica cada quien se las apañaba con las leyes que quisiera, con las que estaban a la mano. Incluso las más subversivas terminaban siendo absorbidas por el Partido, que las hacía pasar como suyas para fingir que se renovaba. Para todo había una ley; sin embargo, basándose en el principio de que toda ley encarna lo bueno y lo bello daba igual si, por ejemplo, para una disputa de disolución familiar o un juicio sobre la extracción de coltán se usaban leyes referentes a homicidios dolosos, normativas sobre el uso lícito de pasamanos, o fragmentos de algún canto vládiko medieval. Realmente no se consideraba que había mucha diferencia entre las distintas leyes, se creía que el bien común y el patrio subyacían en cada una de ellas, sin importar el tema o las múltiples contradicciones que estas entrañaban.

Incluso (o sobre todo) en la zona cero lo judicial, en cuanto a formas y celeridades, era vládiko a la antigua usanza. Con el cuerpo del vate aún tibio a causa del sol caribeño, se iniciaron los preparativos preliminares para la celebración del juicio. Debido a su experiencia y jerarquía, la optometrista sería acusadora y jueza. Por su terquedad en defender causa perdidas, la matemática litigaría en la defensa. Zoran sería el acusado; la optometrista lo había convencido de buenas maneras que no la debía, así que nada había que temer. Le explicó que por ser él uno de los últimos que había estado con el vate, le tocaba ocupar el lugar protagónico en el banquillo.

"Meras formalidades. Solo debe permanecer sentado, escuchar en silencio y hablar si se lo indican", le dijo la optometrista. Desde que no traducía al vate, la inflexión de su voz había cambiado; sonaba más diáfana, más práctica, más juvenil.

Zoran no entendía la magnitud del asunto; lo consideraba un rol más que debía representar de la mejor manera posible. Firmó la declaración, sin leerla; de haberlo hecho hubiese entendido cualquier otra cosa. Aunque, siguiendo la lógica de la matemática, era posible e inevitable que alguna vez acabara entendiendo exactamente lo que las palabras leídas decían, del mismo modo que los flautistas alguna vez ejecutarían por azar una de las melodías del Bach.

No son muchos los juicios celebrados en la zona cero, a veces pasan décadas sin que ocurran. Así que cuando por fin se lleva a cabo alguno, el acto es precedido por un fausto celebratorio que dura días. La espectacularidad de la fiesta es proporcional a lo que se espera de la condena.

No es lo mismo un juicio por posesión no declarada de coltán, donde el resultado es la amputación de una o dos manitas del infractor, a un juicio por violación o asesinato de un sabio. Nada de eso pudo leer Zoran en su declaración firmada. Solo comprendió lo escabroso de su situación cuando su abogada matemática se lo explicó.

"Según ese papel, confesaste unas cosas tan horribles, que para acometerlas se requeriría de tal fuerza física, garra, brío, prudencia, cálculo, cordura y temple que estoy noventa por ciento segura de que no pudiste haber sido tú, nuestro médico. Incluso, aunque no supiera de tu particular forma de leer, me resultaría difícil dar por verdadera ni una sola línea de esa confesión".

"Siendo así, entonces tengo buenas posibilidades, ¿cierto?", le preguntó Zoran, aliviado por su aparente inutilidad para la vileza.

"Bueno, siempre hay posibilidades para todo".

"¿Cuántas posibilidades tengo?".

"Ocho", le respondió ella.

"No es un mal número", dijo Zoran animado, iluso, ingenuo.

"Considera que son ocho sobre cuarenta millones".

"Pero podría ser una posibilidad en vez de ocho posibilidades. Podría estar más desahuciado todavía".

"Claro, podría ser una, o menos ocho, o menos cincuenta. En fin, hagamos a un lado los números, no es mediante cálculos que voy a armar mi defensa; es a través de la consternación. Porque en un juicio todo viene de acá y de acá", le dijo la matemática palpándose el corazón y los ovarios.

El jolgorio previo a un juicio es una farsa que implica la suspensión momentánea de actividades y la representación invertida de roles sociales.

Dada la rareza de la celebración de un juicio de este calibre, fue sorprendente la rapidez con que se activaron los mecanismos de la mascarada, sobre todo considerando que muchos nunca habían participado en una fiesta similar. Fue una alteración del orden tan acompasada y expedita que daba la impresión de que la habían estado organizando desde hacía tiempo. Los exploradores pasaron a ser capataces vestidos con sombreros y látigos, y los capataces se convirtieron en exploradores desnudos y dóciles. En este festín de espejos los nuevos exploradores no soportaron las vejaciones, y los nuevos capataces no pudieron contener la rebelión. Así que en breve los roles se volvieron a trastocar, pero conservando la apariencia del juego: los nuevos exploradores pasaron a dominar y a sodomizar en grupos de dos y tres a los disminuidos capataces. Algunos de los nuevos capataces se lanzaron a los fosos, otros soportaron inmovilizados y aturdidos por los gritos de la fiesta brava. El bacanal era improvisado, pero no lo parecía. Los cocineros también se rebelaron a su manera; apartaron la pasta de coco de sus tablones y devinieron en chefs que proveían platillos variadísimos a velocidades inauditas. Mesones larguísimos se llenaron de pulidas y enormes bandejas con confecciones inéditas pero muy solventes: côte de Boeuf, rib-eye de vaquita cambray, gravy de flor de maguey, pudding de Yorkshire a la manera de Cambridge, granadinas de plátano pekinés, magret de costillar de vaquita cambray, chanson al mojo de ajo, pezuñas de vaquita cambray a la vizcaína, huevecillos de iguana a punto de eclosionar bañados en mantequilla de cacahuate, tequeños, tacos al pastor

Steven, suflé de cumulonimbos a la parmesana, vaquita cambray horneada ¡viva! bajo tierra con el pecho relleno de estorninos asados ¡vivos! a la mermelada turca escoltados por crías ¡vivas! de esturión que reventaban en una cremosa fuente de cacao portobello. Abundaban copas y jarritos de chicha tinta al alambique, destilado de caracol, aguardiente de cocuy fino a la calesa, Jägermeister reposado en barricas de ahuehuete... en fin exquisiteces de este estilo producidas a mayor velocidad de la que los comensales podían consumirlas. Los flautistas ejecutaron piezas de partituras que fingían leer; en realidad desconocían ese lenguaje ordenado de preceptos, y aunque lo conocieran tampoco habría habido diferencia porque eran pentagramas de la época atonal. Los funcionarios de la burocracia autorizaron todos los permisos pendientes y archivados. La ajedrecista, quien sabe si por la fiesta o por la concurrencia de eventos que le autorizaban a ejecutar una jugada así, inició una retirada de todos sus peones, caballos, alfiles y torres, dejando a la reina y al rey solos contra un ejército de cien piezas enemigas; jugaba en el tablero especial de 576 escaques. Un tarotista se dedicó a predecir el pasado reciente, y aun así se equivocó. Una botánica inició plantaciones de cangrejos y almejas. Un titiritero que había llegado a vender exploradores comenzó a dejarse manipular por cualquiera que lo tomara de los cabellos. Los sacerdotes también se unieron a la fiesta de la locura, su máscara fue permanecer castos, frugales y abstemios. Si el vate hubiese estado vivo seguro hubiese visto, no hay duda de ello.

La fiesta concluyó con el mismo ímpetu que había empezado. Después de poco más de tres días de juerga, el repentino final los agarró a todos con las ropas subidas o bajadas, dependiendo de la contradicción a la que jugaban. La solemnidad retornó de inmediato, más rotunda aunque más depurada, sin la carga de la contención, pues ya todos se habían liberado o al menos habían jugado a liberarse.

La optometrista –jueza y fiscal acusadora a un tiempo– se coronó con una voluptuosa peluca tribunalicia. Y de inmediato ordenó a los carpinteros levantar, junto al asta donde aún reposaba el cuerpo del vate, un estrado y varias filas de bancas para que los sabios y algunos menestrales presenciaran el juicio.

No tardaron más que unas pocas horas en construirlo. Las aves de rapiña seguían dando giros concéntricos por encima del asta, pero aún no terminaban de descender. Era como si estuvieran muy lejos o como si volaran muy lento; quizá estaban intimidadas, primero por el bullicio de la fiesta, y luego por la mecánica serenidad con la que el juicio comenzaba a desenvolverse.

"No hay motivos para no sospechar del médico recién llegado. Además de su exhaustiva y morbosa declaración de culpabilidad, se hallaron dos evidencias significativas en las habitaciones del vate. A) Una serie de folios con la abstrusa caligrafía del médico. No hay razón para no sospechar que se trataba de una amenaza o un chantaje; sus trazos corruptos pueden decir cualquier cosa. Y B) Un tarro con los restos de un brebaje herbal quizá ponzoñoso y seguramente preparado por el acusado, experto en la materia. No hay fundamentos para no sospechar que el acusado premeditó envenenar a la víctima", expuso la optometrista-jueza como apertura del proceso.

Después de un breve silencio salpicado de carrasperas del público, la optometrista-jueza preguntó al primer testigo.

"¿Cree usted que el médico Zoran es inocente?".

"No", respondió el tercer superior de los coordinadores de capataces.

"¿Puede afirmar usted haber visto al acusado lejos del lugar de los hechos durante el tiempo en que se cometía el crimen?", le preguntó la optometrista-jueza.

"No", respondió el tercer superior de los coordinadores de capataces.

"Objeción, señoría", intervino la matemática-abogada.

"Denegada".

"Está bien", respondió la novata bajando la cabeza. Era su primer juicio y sus ideales de justicia estaban muy por encima de sus capacidades en el estrado.

"¿Cree que estamos a salvo si no castigamos de manera ejemplar y letal al autor de este crimen?", volvió la jueza.

"No", respondió el tercer superior de los coordinadores de capataces.

"¿Cree usted que el médico Zoran es culpable?", preguntó la abogada.

"No", respondió el tercer superior de los coordinadores de capataces.

"Objeción", interrumpió la jueza. "Id extra causam est".

La abogada se mordió los labios, pero mantuvo la compostura.

El tscc (necesaria abreviatura para evitar repetir el estribillo de tercer superior de los coordinadores de capataces) se retiró. La jueza llamó a la segunda testigo que emergió desde el fondo de la multitud.

Zoran no la reconoció de inmediato. Habían pasado varios meses, y en cierto sentido también habían pasado muchas vidas desde la última vez que coincidieron.

"¿Qué tiene usted que decir del acusado que pueda ayudar a demostrar su culpabilidad?", le preguntó la jueza a la testigo.

"Es un farsante", respondió la falsa médico mirando de frente al falso domador.

La abogada calculó que esta declaración podría beneficiar a Zoran si lograba demostrar que ser un farsante era ser también un impostor en cuanto a la achacada culpabilidad, por tanto era inocente y el juicio se... Extraviada en sus ensoñaciones lógico-lingüísticas, la abogada perdió el chance de repreguntar a la testigo que se marchó inmediatamente después de su breve y muy esperado cameo.

Subió al estrado el tercer testigo, el arquitecto.

"Si el acusado envenena a un sabio por día, ¿cuántas semanas tardará en acabar con todos los sabios de la zona cero si no lo colgamos de inmediato?", preguntó la jueza.

"La simplicidad de las astas esconde un misterio aerodinámico sobre el que no nos hemos detenido lo suficiente. Un asta es una cruz depurada de ripios", murmuró el arquitecto. Tenía cierto aprecio por su médico de cabecera y no quería decir nada que pudiera incriminarlo.

"¿Conocía usted de alguna desavenencia entre el médico Zoran y el vate?", contrarrestó la abogada.

"Objeción", interrumpió la jueza. "Non sequitur".

"Reformulo, su señoría", respondió la abogada. "¿Usted conocía de alguna desavenencia entre el vate y el médico Zoran?".

"Nada que no hubiese visto el propio vate", murmuró el arquitecto.

"No se tolera animō iocāndī en esta sala", lo regañó la jueza.

"Pediré que suba al estrado un testigo que dice haber pasado toda la noche del crimen con el médico Zoran y puede dar fe de su inocencia", dijo la abogada.

"Persona non grata", rechazó la jueza.

"Entonces pediré que suba al estrado un testigo que dice haber oído quejarse al vate de que su optometrista le ocultaba información de la realidad sensible porque quería ponerlo en minusvalía para ocupar su puesto".

"Fictus testis", rechazó de nuevo la jueza.

"Entonces haré subir a un testigo que dice haber escuchado, pocos días antes de los acontecimientos, una discusión muy acalorada entre el vate-vate y la jueza-optometrista, donde esta amenazaba al ahora occiso con hacerle sufrir en carne viva las consecuencias de unos supuestos agravios".

"Testis nullus".

"Entonces subirá al estrado un testigo que afirma haber ayudado a la jueza-optometrista a perpetrar el crimen a cambio de una exoneración de impuestos de coltán. El testigo confesará que usted –tras darle de beber al vate cien dosis de un potente somnífero– le pidió apoyo para llevar el cuerpo desmayado hasta el lugar de su deceso, negándole la posibilidad de auxilio y por tanto...".

"Ficta confessio", cortó la jueza.

Agotada, la abogada se sentó en su esquina, tomó agua, se secó el sudor con una toalla, escupió en un balde, escuchó el consejo de un sabio que le habló al oído, se acomodó la mandíbula, inhaló y exhaló tres veces. Finalmente, como empujada por un resorte, se levantó con ánimos renovados para el asalto definitivo.

"Acá pueden ver la carta firmada donde el acusado cuenta con lujo de detalles mórbidos los pormenores de su horrendo crimen, sus causas y sus pretendidas consecuencias", reanudó la jueza.

LA ABOGADA (*exaltada*): Nemo tenetur edere contra se.

LA JUEZA (*más aún*): Confessio est regina probationum.

LA ABOGADA: Calumniare est falsa crimina intendere.

LA JUEZA: Argumentum ad absurdum.

LA ABOGADA: Error in procedendo.

LA JUEZA: Poena mortis. Exequatur.

UNA FILÓSOFA (*A Zoran en voz baja*): Memento mori.

UN SACERDOTE (*con siseo lúbrico al oído de la filósofa*): Primum vivere deinde philosophari.

UN MANCEBO (*Al sacerdote*): Noli me tangere.

ZORAN (*lamentándose*): Tempus fugit.

UN ACUARELISTA: Ars longa, vita brevis.

LA ABOGADA (*al borde de las lágrimas*): Veritas filia temporis.

LA JUEZA (*rotunda, triunfadora*): Acta est fabula, plaudite.

(*Fin del primer acto*)

DOS

Los carpinteros que habían construido el estrado empezaron a desarmarlo para erigir un patíbulo destinado a la ejecución del reo. Según la tradición vládika, la máquina aniquiladora debía contener las mismas piezas del estrado sin que ninguna sobrara. Con ello se probaba la calidad retórica, ética y científica del juicio. El patíbulo era consecuencia del estrado en fondo y forma. Dependía del ingenio de los carpinteros que su funcionamiento y letalidad no estuviera peleada con la estética, por lo que esa tarea les llevaría mucho más tiempo del que les tomó la erección del estrado. Trabajaban día y noche, redoblaban los turnos, hacían pruebas con exploradores, todo lo que fuera necesario para la conclusión solemne y efectiva del proceso.

Entretanto llevaron a Zoran a las mazmorras de la zona cero: un laberinto natural de cuevas que no precisaba de celdas ni barrotes. La complejidad de sus pasajes dificultaba no solo la huida, sino la idea misma de la huida. Una vez que el reo era empujado al interior, le resultaba imposible salir por sus propios medios, era necesario rescatarlo con exploradores entrenados para tal fin.

El acceso al complejo cavernario era una pendiente curvada en descenso. Cuando Zoran tocó el suelo tras la caída, la oscuridad era total; no se veía ni la ventanita de luz por donde lo habían hecho pasar. Se golpeó con muros que parecían surgir de repente; con cada paso que daba para intentar volver hacia el lugar donde creía estaba la entrada se introducía más aún. Era como andar en arena movediza, si se mantenía quieto, se hundía; si se movía, se hundía más. En cada nuevo recodo tenía la impresión de que entraba a una recámara luminiscente; pero no era así, eran recuerdos de la luz que lo engatusaban. Esa esperanza luminosa lo desorientaba todavía más. Aquel laberinto se le presentaba en dos dimensiones: la real de la piedra fría e invisible, y la blanda y abismal que creía vislumbrar en el reverso de su retina. Después de un rato de deambular le era difícil saber si había andado muchos kilómetros o solo unos pocos metros. Tampoco sabía cómo medir el tiempo: cuando estaba seguro de que no habían pasado más que unas pocas horas, dudaba de si debía medir su extravío en minutos, pero luego pensaba que llevaba días allí encerrado.

Las mazmorras eran un monumento natural con mínimos retoques artificiales (por ejemplo, el mecanismo que hacía brotar de las paredes rocosas tenues manantiales de agua de coco nutritiva e hidratante, era una obra de ingeniería destinada a alimentar a los cautivos). Allí, el sustento profundo de Vladik manaba de la misma naturaleza. Estas cuevas laberínticas que olían a petróleo, coltán y azufre eran tan vládikas como las minas antipersona, las vaquitas cambray o los exploradores domesticados. Después de varios días en ellas era muy fácil entender, de manera plena y sin lenguaje, esa relación.

Tras varias horas o semanas, Zoran dejó de buscar la salida del lugar; simplemente aspiraba encontrar un rincón ergonómico para echarse a descansar.

"Solo debo esperar hasta que esté listo el patíbulo y vengan a buscarme. Morir mirando al sol y no en esta oscuridad será una grata despedida de la vida", se infundió ánimos para aguantar.

"Aunque puede que me ejecuten durante la noche", perdió sus ánimos.

"Quizá habrá brisa, alguna estrella", los recobró.

"También puede que el abandonarme en las cuevas haya sido la sentencia y que el patíbulo no sea más que una formalidad conmemorativa", los perdió de nuevo.

Antes de que su ánimo volviera a cambiar, tropezó con un bulto tibio y cayó de bruces al suelo.

"Toda cueva tiene una entrada y una salida", dijo el bulto acurrucado.

Cuando escuchó la palabra *salida*, Zoran reencontró sus ánimos perdidos.

La recámara donde se había topado con su interlocutor estaba tan oscura que no podría decirse que después de algún tiempo sus ojos se acostumbrarían y entreverían su alrededor. Hay oscuridades de grado máximo donde por más que pase el tiempo la retina, el iris y los mecanismos ópticos no pueden hacer nada. Zoran no supo que sus ojos nunca se adaptaron y cuando creyó que una sombra emergía frente a él fue porque el conjunto de sensaciones como temperatura, sonido, aliento y volumen al tacto le dieron una impresión vaga pero suficiente para que él creyera que estaba viendo. Quien le había hablado era una mujer larguísima, de cabellera espesa, de propiedades ácidas, belleza cartilaginosa y edad perecedera.

En breves palabras Zoran le contó su nombre, procedencia y condición, omitió las causas de su encarcelamiento y las sospechas que albergaba sobre la optometrista. Siguió sosteniendo que era médico; si hubiese conocido la existencia del oficio de espeleólogo hubiese fingido serlo, pero no sabía que alguien pudiera especializarse en una materia tan oscura. Al concluir su parte del relato le pidió a la mujer que refiriera el suyo.

"Llevo varios años en estas cavernas. Olvidé lo que es la luz del sol o cualquier otra. Imaginar la luz cuando no la vemos es como intentar describir o sentir un sabor que nunca hemos probado. Es posible tratar de adivinar el sabor de una fruta desconocida a través de su nombre. Más difícil aún es adivinar un nombre desconocido por su sabor. No recuerdo si la luz tenía sabor. Seguramente sí. El agua sabe; la que mana de estas rocas tiene una docena de sabores. Para referirnos a la variedad de cocos de la zona cero requeriríamos al menos doce vocablos. No es lo mismo un coco matinal que uno vespertino, ni uno en lo alto de la palmera a uno que ha caído. Los inuit del norte tienen más de trescientas palabras para referirse a las minas. La Vladia se dividía en tres partes, pero luego se dividió en cuatro, porque los inuit del norte pidieron que se los incluyera".

Había en las palabras de la mujer un estilo que le resultaba familiar a Zoran, pero después de tantas horas de silencio quedó tan aturdido que no pudo razonar de dónde conocía esa voz.

"Siento que ya habíamos hablado. Quizá lo soñé o acabo de inventar que lo soñé. ¿Alguien sabe que estás acá?", la interrumpió Zoran.

La mujer reanudó el tejido de su trama.

"Durante años fui una guía con las botas cosidas no solo a mi piel, sino también a mi alma. Se piensa que el alma es más sensible al dolor, pero la verdad aguanta muchísimo, he ahí su gran defecto. El cuerpo, por ser frágil, es muy quisquilloso, cualquier rasguño lo hace brincar. Cuando el cuerpo sufre el alma suele hacerse a un lado. He visto más guías morir de gangrena en los pies a causa de defectuosas costuras que a causa de una explosión al pisar una mina. Estadísticamente las minas son menos letales que la muerte en desiertos no minados. La naturaleza provee minas naturales en forma de elementos, animales y plantas nocivos. La carencia de ellos también son una forma de minas. Las minas pueden matar sin activarse, incluso sin existir. Una vez vi un hombre que creyó pisar una mina de presión y decidió no moverse nunca más para no despertarla. Es decir, no lo vi a él sino a su esqueleto. Fueron otros los que completaron la historia hacia atrás. Es probable que el hombre haya muerto por otras razones; sea como sea, la historia de la mina de presión cumplía una función pedagógica y moralizante. Los guías solemos ser silenciosos mientras dirigimos una caravana. Siempre hay un viajero en el grupo que se dedica a contar historias, otros las oyen para luego repetirlas. Los guías tratamos de no hacer gestos de expresión cuando las escuchamos, pero sabemos guardarlas en nuestra memoria. Después de repetidas unas cuantas veces, las historias se vuelven ciertas. No hay que olvidar la diferencia entre lo que ocurrió y no se contó, y lo que no ocurrió y sí se contó. Un hombre sin extremidades decía que esperaba un tren para salir de Vladik. Contó la historia una sola vez, pero al mismo tiempo la contó muchas veces. Cada vez que alguien la refería era como si el hombre sin miembros la contara nuevamente. Si la seguía contando era porque seguía esperando el tren. Y por tanto yo seguía preocupándome de que cuando llegara el tren el hombre no pudiera subirse debido a su falta de extremidades".

El discurso de la mujer era una versión del *Cuaderno de Bruni* escuchado tantas veces por Zoran. La mujer podría ser la propia Bruni desencuadernada o alguien a quien se le hubiese pegado su estilo, como ocurre con ciertos fraseos contagiosos.

Zoran le preguntó si ella era Bruni. Bruni respondió que sí era ella.

"Conozco el cuaderno, de oídas varias. Me resultó grato y muy claro", mintió Zoran en referencia al asunto del entendimiento, no del goce. De inmediato preguntó con ánimo de ser iluminado: "¿Cómo fue que las varias partes de la Vladia se volvieron una sola?".

Bruni recitó de ve a ka las líneas de su cuaderno. Se las sabía al dedillo, mejor dicho, su estilo verbal no podía hacer otra cosa que repetirlas, aunque en realidad improvisaba.

Al término de la historia, Zoran seguía sin entender lo preguntado.

"Me interesa lo del método ferrocarrilero para salir de Vladik. Pero antes quiero saber por qué estás aquí. No esperaba encontrar a nadie más en estas cuevas".

Bruni le reveló primero la versión en prosa:

"El vate se entusiasmó con mi cuaderno al que todas las noches yo le añadía un pedazo. Se dormía leyendo cada nueva línea; despertaba soñando con lo allí contado. Tenía fe en los trenes, en su desplazamiento ineludible. Me quería como su sucesora. Según la optometrista yo era muy joven y veía demasiado. Me retiraron a lo más oscuro de estas cuevas. Debía ejercitarme en la virtud de la ceguera, en el estado mental que ella provee. Se olvidaron de mí. Ahora no sé si no veo o si creo no ver. Me perdí aquí, en mí misma".

Luego le recitó la versión en verso, modalidad en la que Bruni había decidido súbitamente incursionar:

*El vate se
entusiasmó con
mi cuaderno al
que todas las noches yo
le añadía un pedazo.
Se dormía leyendo cada
nueva línea; despertaba
soñando con lo allí
contado. Tenía fe en
los trenes, en
su desplazamiento
ineludible. Me
quería como su
sucesora. Según
la optometrista yo
era muy joven y
veía demasiado. Me
retiraron a lo
más oscuro de
estas cuevas. Debía
ejercitarme en
la virtud de la
ceguera, en el
estado mental que
ella provee. Se olvidaron
de mí. Ahora no sé si
no veo o si creo no
ver. Me perdí aquí, en
mí
misma.*

"El vate murió", le reveló Zoran de golpe, insensible a la musa que había hecho cantar a Bruni.

Bruni suspiró. Zoran no la vio ni la oyó hacerlo, intuyó el gesto en toda la complejidad de sus detalles.

"Cuando nos topamos me dijiste que toda cueva tiene una entrada y una salida. Ahondemos en eso", entrevistó Zoran.

"La Vladia estaba dividida en tres partes: una, que habitaban los...", comenzó Bruni de nuevo.

Era la quinta vez que vomitaba el contenido del cuaderno. La repetición de la historia desesperaba a Zoran, le provocaba el mismo hastío que la oscura infinitud de las mazmorras. Lloró exasperado. Se dio cuenta de su propio llanto por tres lagrimitas heladas que le surcaron la piel del rostro.

"Tenemos que salir de aquí y buscar las vías del tren. Si salimos de la oscuridad, saldremos de las cuevas; si salimos de las cuevas, saldremos de Vladik; y si salimos de Vladik, pues... saldremos de Vladik", le rogó Zoran retomando su impulso primitivo de la huida.

Bruni meditó un rato. Durante ese silencio introspectivo parecía calibrar si era capaz de retomar su antiguo oficio de guía. Estaba tan oxidada que aquella le parecía la vida de otra persona, como nos suele pasar cuando miramos hacia atrás y sentimos que estamos mirando más bien hacia los lados. En Bruni era más difícil todavía reconocerse; no tenía acceso a imágenes de recuerdos precisos, todo su pasado, sin posibilidad de evocar la sensación luminosa, le era literalmente oscuro.

"Yo guiaré", dijo finalmente. Ahora se expresaba con contención, se preparaba para su silencio como guía.

Bruni era partidaria de escapar hacia el lado contrario por el que habían entrado. El asunto era determinar cuál era ese lado, pues estaban totalmente desorientados.

Según Bruni, la cualidad de recién llegado de Zoran lo descalificaba para elegir la ruta. Consideraba que la memoria de su interlocutor no había tenido tiempo suficiente para madurar el recuerdo.

"Iremos por acá", señaló Bruni una invisibilidad después de olisquear como un sabueso.

La guía se levantó en varias partes, como si sus piernas y brazos tuvieran muchas más articulaciones además de tobillos, rodillas, muñecas y codos. Cuando ambos estuvieron de pie, Zoran pensó que no era tan alargada como la había supuesto repantigada en el suelo.

Con la mano izquierda los caminantes tanteaban el muro de piedra que los flanqueaba. Con su mano libre Bruni tañía con soltura una flautita de hueso. A Zoran le pareció que se trataba de la misma música del Bach que había escuchado en el gramófono de la matemática; pero en este caso no se trataba del azar del que hablaba la sabia, sino de un aprendizaje sostenido que podía confundirse con una improvisación afortunada. La belleza de ese sonido limpio, producido en vivo por el sencillo instrumento, le resultaba a Zoran novedosa y al mismo tiempo muy natural, como la musical vida de las aves. Le costaba entender por qué los flautistas no devenían naturalmente en la agradable armonía y preferían empeñarse en desafinar, lo que sin duda debía implicar un esfuerzo mayor.

La rugosidad de la piedra no era nada homogénea. Se trataba de asperezas y bajorrelieves variados que al tacto meticuloso de la mano se revelaban como micro cadenas montañosas con sus cimas, valles, ríos, aldeas, soldados en formación y jóvenes acarreando cestos de frutos y cereales recién cosechados, bombardeos planeando a baja altura, tanques aplanando espigados campos de maíz, sembradores de minas trazando fronteras dentro de otras, caravanas que estallaban y otras que daban vueltas en círculos como en una procesión infinita. Y luego, en el límite de la interpretación, era posible palpar en las asperezas de la roca la figura de un médico capturado por decapitadores, vendido por unas pocas monedas, retenido contra su voluntad, juzgado por un crimen ajeno y encerrado en unas cuevas que él recorre palpando con su mano izquierda un supuesto bajorrelieve de cadenas montañosas con sus cimas, valles, ríos, aldeas, soldados...

Después de un largo trecho pasmado por la ensoñación pétrea probablemente inventada por sus dedos, Zoran volvió a su realidad, es decir, no a la historia escrita o soñada, sino a la historia vivida y caminada. Sospechó que la melodía de la flauta debía tener una función más allá de la belleza gratuita: ¿un sonar para allanar la ruta, un sensor de oxígeno, un conjuro mágico que diluía los muros a su paso? En efecto sí había una función derivada, pero desconocida para él: el acto musical como artilugio distractor. Mientras Zoran embelesado como una rata encantada seguía el paso de Bruni, ella, con su mano libre en alto, seguía el rastro de un delgado cordel rojo, delicado como una telaraña. Era el hilo de la ficción que Zoran no podría ser capaz de ver a menos que se le dijera que estaba allí. Pero nunca se lo dirían; era un secreto profesional de guía que Bruni no podía revelar por respeto a su oficio.

No es razonable intentar abandonar las cuevas vládikas sin un guía que conozca cuáles caminos existen y cuáles no. La información sobre la ubicación de los caminos se encuentra en los delgados hilos que, junto a la experticia e intuición, constituyen el principal pertrecho de los guías, etcétera.

(Es decir la aventura de la salida de las cuevas era un paréntesis que entrañaba su propia historia, pero contarla en todos sus detalles sería abrir otros paréntesis en progresión infinita, inmiscuirse en las entrañas de un nuevo abismo, que a su vez llevaría a otro, y luego a otro más... Es la llamada paradoja vládika de la cual hay que escabullirse tan pronto asoma su lengua).

A medida que avanzaban, la oscuridad se transformaba; no era que disminuía, era un cambio en densidad y tono. De negra pasaba a marrón, un marrón absoluto, luego ocre absoluto, después violeta absoluto, azul absoluto, verde absoluto. La sensación no era ocular en modo alguno; se manifestaba más bien en el peso de la atmósfera y en los estados de ánimo. Acaso la flauta fuera la responsable de esas aparentes transiciones de color que provocaban euforia, ira, desasosiego, serenidad, despecho, ¿misterio?

Daba la impresión de que Bruni no había repetido ninguna melodía, y a la vez parecía que lo estaba repitiendo todo una y otra vez. Así ocurre cuando alguien se aboca en profundidad a un mismo autor, en este caso al grupo del Bach, donde todo parecía nuevo pero a la vez reiterado. La novedad es siempre la repetición camuflada de un secreto preexistente.

Anduvieron muchas horas, días o minutos. Tan solo se detenían para beber de las piedras manantiales o para liberar sus propios líquidos. La oscuridad cambiante no cedía, pero la sensación de un viento fresco en su entrepierna húmeda le hizo pensar a Zoran que estaban cerca de la salida. Bruni dejó de tañer y se guardó la flauta en un bolsillo interior de la chaqueta. Ese gesto le significó más a Zoran que el propio coqueteo del viento. La oscuridad cedió poco a poco, sin encandilamientos, hasta que finalmente fue derrotada. La recuperación de la visibilidad les dio la impresión de que todo a su alrededor iba apareciendo de a pedazos: restos de soga, cocos secos, piezas de madera y cuerpos de pequeños exploradores acurrucados, incorruptos como santos venerables en sus criptas. Más adelante la luz entraba en forma de débiles haces, muy arriba el cielorraso parecía una gran coladera. Estaban justo debajo de una antigua zona de fosos donde los primeros ingenieros habían probado la calidad de los taladros, poleas y la valía de los exploradores pioneros, le explicó Bruni.

Las posturas de los exploradores transmitían sosiego y el deseo de quedarse allí acostado junto a ellos, en eterna hibernación. Sin embargo, cuando Zoran se acercó a uno vio que la contracción facial del cuerpecillo era lo opuesto: una máscara oscura de horror. Nunca había mirado a un explorador a la cara con tanto detalle, así que no estaba seguro si esa expresión siempre la llevaban consigo o era consecuencia del descenso forzado y de la frialdad subterránea. No es que ahora le importaran los exploradores y su destino, sino que presintió que las expresiones faciales de los cuerpos allí en reposo eran una suerte de espejo. La posibilidad de saberse como ellos le produjo un asco visceral. Se alejó de mala gana, siguiendo a Bruni hacia otra recámara, sin mirar atrás.

En comparación con los pasajes previos de variada oscuridad, las recámaras que se iban sucediendo eran luminosas. No había aberturas visibles en el techo o en los muros; era como si la luz fuese traída por el viento en pequeños cargamentos que refrescaban los pulmones y las pupilas de los prófugos. El camino que marcaba Bruni ya no estaba entorpecido por esquinas, salientes, muros ni bifurcaciones. Andaban por un pasillo largo que ascendía con imperceptible levedad. Ahora, debido a la distancia que se llevaban, se reforzaba en Zoran la idea de una Bruni de altura desmesurada. El aire circulante, la visibilidad mayor y la procesión ascendente anunciaban la promesa de la salida de las cuevas, pero también la existencia de las minas antipersona que los aguardaban: cinturones de minas, sembradíos de minas, corredores de minas, baldíos de minas, cementerios de minas, corporaciones de minas, colectivos de minas, congregaciones de minas, individualidades de minas esperándolos para estallar bajo sus pies. Sin embargo, pensó Zoran, sus chances de salir ileso ahora eran muy superiores a cualquier expedición previa: tenía delante de sí a la mejor guía, la definitiva, la guía que resumía a todos los guías habidos y por haber y cuyas pisadas entrañaban la expresión más depurada del oficio.

Bruni no volteaba y Zoran temía que sus largas zancadas lo dejaran rezagado, a medio camino entre el retorno a las oscuridades y los territorios minados. Así que corrió hasta aferrarse a la cabellera de Bruni, y así siguió andando.

Un poco más adelante vislumbraron un diminuto hueco por donde goteaba la luz. El agujero se agrandaba a medida que avanzaban; cuando llegaron hasta él, su boca resplandeciente era mayor que el tamaño de sus cuerpos. Y por allí pasaron.

TRES

Se zambulleron fuera de las cavernas como un cuerpo se lanza al agua, bañados por una luz amarilla que parecía limpiarlos al tiempo que revelaba los detalles de sus mugres acumuladas durante el oscuro encierro. El tránsito a través de la abertura luminosa les produjo el mismo temblor frío que cuando fueron paridos. Atravesarán un umbral idéntico cuando les toque morir; entonces caminarán ingenuamente hacia la luz, hacia voces que los llamarán diciéndoles que no tengan miedo; avanzarán sin remedio, tal como lo hicieron al nacer, polillas borrachas rumbo a la luz, rumbo al fuego. Viaje incesante de un umbral a otro. Venimos de la luz y hacia la luz vamos, eso hemos de creer.

El paisaje que recibe a los peregrinos tiene la lógica espacial y narrativa de un tríptico de falsas reminiscencias flamencas, un óleo sobre tabla donde todo ha ocurrido y todo está por ocurrir al tiempo que va ocurriendo. Los caminantes transitan los tablones de izquierda a derecha y de arriba abajo; aunque también es posible que el ojo que los mira decida lo contrario.

En la esquina superior izquierda del primer panel, Zoran y Bruni salen de una cueva cuya boca dentada con carámbanos de piedra recuerda los colmillos de alguna bestia prehistórica. Les cuesta avanzar entre la espesura de matorrales, enredaderas, raíces y troncos de árboles verticales, arrancados de la tierra. Bruni aparta las ramas a su paso, algunas azotan a Zoran en su rostro magullado que parece recién coronado de espinas. A pesar de los ramalazos recibidos, él prefiere ir muy cerca de su guía, de lo contrario podría perecer ahogado en la marejada vegetal.

En el centro de ese panel hay una altísima fuente de líquido oscuro y viscoso. Hombres y mujeres arrancan del suelo trozos de vías férreas y las unen para formar una escalera que les permita subir hasta el abrevadero. Algunos cuerpos se ahogan en el líquido bituminoso, otros lo guardan en enormes cantimploras que los de abajo reciben con júbilo.

Alrededor de la fuente unos se untan con la sustancia oscura, otros la beben, y otros más la intercambian por pergaminos con mapas o por ojos de infantes que un barbero ayuda a extraer con poderosas tenazas. Un tarotista, rodeado de dos medias docenas de fogatas que evocan formas zodiacales, practica las *Sortes Vergilianae*. El lomo de un perro untado de brea arde y contagia su fuego a un carro de heno en el que un comerciante lleva camuflados exploradores vestidos de odaliscas, uno de ellos ha caído de la carreta y su pierna está atrapada en el haz de una rueda.

El fuego puntiagudo que consume el heno se acerca a lo alto de la fuente combustible y promete hacer arder todo el panel. Bruni quiere proseguir antes de que el incendio se desate, pero Zoran está dormido boca arriba, con un sombrerito de hojas de palma caído a su lado y los brazos abiertos de par en par como si soñara que vuela. La guía le da patadas para despertarlo pero resulta inútil, así que se lo carga al hombro.

El panel central es una llanura. Bruni señala el paisaje diciendo que antes allí había un gran lago; en efecto la tierra parece húmeda pero sin rastros de agua. Ya no carga a Zoran, su pie torcido indica que se ha lesionado el tobillo. Avanzan a saltos, Zoran la emula aunque no tiene necesidad de hacerlo. Se encuentran con la botánica que, reconociendo a su antiguo compañero de caravana, remienda el pie de la guía con un emplasto preparado con una hoja de araguaney, una pluma de turpial y el pétalo de una orquídea. Con la palma de su mano en vertical, la botánica les advierte a los viajeros que no continúen, pero estos siguen su marcha.

Más adelante (o más abajo, siguiendo la lógica del tríptico) se topan con cuerpos desparramados en contorsiones protocubistas. Zoran se tapa los ojos y Bruni la nariz; cada cual protege el sentido más ofendido. Los hay desmembrados, con la cabeza a medio colgar, con la cabeza girada, con la cabeza fundida, con tres brazos o cinco patas prestadas de vecinos, con huecos en los torsos o con restos de minas adheridas a sus pechos como furúnculos de hierro. Parece que los cuerpos hubiesen caído del cielo durante una lluvia tormentosa.

"¡Acá podría estar el hombre sin extremidades!", le dice Zoran a Bruni con una entonación que parece una pregunta pero que más bien es un comentario.

"Acá están todos", le responde Bruni enigmática, entre resignada y sorprendida por el hallazgo.

Los cuerpos son blandos, a medio descomponer. Son notorias sus expresiones grandilocuentes de horror que parecen preguntar a los viajeros: "¿Por qué a mí y no a ti?".

A lo lejos, una mujer vestida con una túnica hecha jirones se dedica a hurgar con un palo entre los cuerpos, buscando un rostro o una mandíbula familiar. Hurga con tal paciencia que parece estar dibujando las siluetas de los cuerpos caídos. Si se le detalla bien, con una lupa que los viajeros no tienen, es evidente que el palo de la mujer es un mango de hacha sin hoja.

"Y pensar que todo este campo de horror algún día será hollado por turistas sedientos de presumir que estuvieron aquí", le dice Bruni a Zoran.

Zoran se vomita varias veces. Debió haberse tapado la nariz y no los ojos, como bien hizo su guía.

En la mitad inferior del panel es de noche. Una torre, a la que se accede por una escalera similar a la colocada en la fuente del primer panel, sirve como taberna.

Bruni intenta retener a Zoran para que no vaya hasta allá, pero en breve lo vemos peleándose con un grupo de borrachos por alcanzar la entrada. En el interior de la torre la tabernera, ahora calva y con medio rostro quemado, atiende a los clientes. Sobre la barra, el titiritero caído en desgracia manipula las cuerdas para mover a cinco exploradores que interpretan una obra piadosa, según se entiende de sus gestos y ropajes pudorosos. Zoran pide, empujado por la costumbre, un destilado de coco doble, pero la tabernera solo vende cervezas púrpuras en enormes tarros espumosos. Zoran bebe y juega a los dados. Aunque desconoce la mecánica del juego tiene una racha suprema. La cantimplora de combustible fósil con que comenzó su apuesta poco a poco se multiplica en ganancias que al principio son celebradas por un séquito de lamebotas. Pronto su buena suerte desata la furia de los perdedores humillados y ofendidos, entre ellos el erecto sacerdote, que al igual que el titiritero y la tabernera parece no reconocer a su antiguo compañero de caravana. Un par de mesas son empujadas al suelo, un perrito de costillas pronunciadas muerde el pantalón de Zoran mientras un trío de jugadores lo amenaza con respetables puñales. Con unos brazos enormes y octopodiformes, Zoran protege sus ganancias: seis lingotes opacos, dos pavorreales, un talego de semillas de cacao y la escultura dorada de una vaquita cambray que solían adorar los paganos. Los puñales lo convencen de jugar de nuevo; esta vez lo pierde todo y más. En la taberna todos ríen y hasta el perro famélico se deleita con los restos de lo que parece un dedo dentro de una oreja.

Los jugadores echan a Zoran de la torre. Él insiste en subir la escalerilla nuevamente. Aunque lo perdió todo siempre queda algo que podría apostar para recuperarse. Esta vez Bruni logra detenerlo y lo arrastra hasta un campamento donde lo hace pernoctar atado a ella junto a una fogata que ilumina el descampado. Mientras el fuego cruje, Bruni despliega sobre un rectángulo de tela una serie de estatuillas mínimas que ordena con minucia. Son más de veinte, algunas tan minúsculas que caben en la yema de un dedo.

"Son mis dioses", le explica Bruni a Zoran antes de murmurar sus peticiones.

"¿Qué le pides a tus dioses?", le pregunta Zoran.

"Que no se fijen en mí. Son demasiado crueles. Lo mejor que alguien puede esperar de sus dioses es ser olvidado por ellos", le responde Bruni al tiempo que devuelve las estatuillas a un bolsito de piel que, una vez lleno, guarda en el interior de su chaqueta.

"Pero si les hablas se darán cuenta de que estás aquí y se fijarán en ti", le dice Zoran.

"Es mucho peor si no los busco y creen que me olvidé de ellos, créeme", le aclara la guía.

El tercer panel es una campiña inmensa, luminosa, de cuidado verdor. Murallas de mármol sucio se yerguen tan altas que parecen desgarrar las nubes como si fueran vientres de cordero. Varios tramos de las murallas están derruidos, así que se puede pasar al otro lado de ellas sorteando los enormes bloques de piedra que se han ido desprendiendo.

Los viajeros avanzan a pasos bucólicos hasta que les corta el paso otra muralla, una de tipo sensual y cognitivo.

Zoran se arrodilla ante el espectáculo. Bruni permanece de pie, su cabellera ondea como una bandera náutica.

Kilómetros de praderas están repletas de vaquitas cambray apareándose en grupos de cinco, diez, veinte, mil. Se lamen los belfos, los párpados y el interior de las orejas con sus lenguas ásperas y sonoras. Se muerden las ubres, las colas, las pezuñas. Los cuerpos sudorosos y mugidores se entremezclan formando figuras estrambóticas: helechos, pirámides, teseractos, *castelles* catalanes, voladores de Papantla... Las que caen, aun maltrechas, ensayan nuevos acoplamientos; las exhaustas intentan separarse para descansar, pero no pueden porque sus genitales se pegaron a los de otras vaquitas. Cuando con mucho esfuerzo logran desprenderse, lo hacen a costa de partirse en dos.

Después del éxtasis inicial, Bruni y Zoran caminan entre las vaquitas, cuidando de no importunarlas, como si evitaran pisar minas o como si temieran ser contagiados de su ardor pánico.

Mientras se alejan de la orgía, Zoran camina con el cuello vuelto hacia atrás para retener lo más posible la idílica imagen hasta que finalmente se vuelve tan remota como el orujo de un sueño.

En la parte inferior del panel, Zoran y Bruni montan y desmontan campamentos que se repiten día a día sin ningún cambio notable. A veces comen bayas, pájaros asados, insectos crudos. Dejan quietas a las pocas vaquitas dispersas que encuentran a su paso; cuando están en celo su carne tiene un sabor rancio, le advierte la guía.

Los viajantes se asean en riachuelos. Duermen a la vera de fogatas silenciosas. De vez en cuando se topan con mercaderes políglotas que les ofrecen collares, anillos, vasijas, tónicos, brebajes espumosos, hogazas negras, roedores conservados en salmuera, y vaticinios del clima.

"¿Cuánto nos falta?", le pregunta un Zoran barbado a su compañera.

"Salimos de Vladik hace mucho", le responde Bruni con neutralidad zen, sin detener el paso.

Zoran hace el amago de echarse al suelo, pero prefiere seguirla.

"¿Y por qué sigues caminando así, pisando así, escrutando así, como si acá existiesen minas?".

"Me llevará tiempo encontrar otra forma de andar".

Desde antes de llegar a las altas murallas derruidas habían pasado por varias naciones y distintos cielos. Hacía rato que Vladik había quedado muy atrás y Zoran no había sentido nada particular.

Continúan acampando, a veces bordean una villa y roban un manojo de plátanos, tiras de carnes secadas al sol o algo de ropa. Podrían seguir así, sin parar. Salvo para dormir, nunca paran. No saben cómo hacerlo, ni dónde hacerlo. ¿En qué punto fuera de Vladik deben detenerse? ¿Dónde es lo más lejos que se puede llegar después de Vladik?

"Me gustaría volver", le dice Zoran a Bruni una mañana.

El campamento les ha ido creciendo como una joroba: llevan sobre sus lomos bultos, baúles y alforjas con animales portátiles, un par de niños desdentados, alfombras, sombrillas, relojes, barricas. Un perro los escolta y borra cualquier rastro de sus pasos y restos de comida.

Zoran conoce el camino de regreso. Pero no lo va a recorrer. El antojo de la vuelta es una fugaz nostalgia senil que lo asalta cada vez que cree ver los restos de alguna estación de tren.

CDMX, diciembre de 2020

SOBRE EL AUTOR

Jesús Miguel Soto nació en Caracas en la década de los ochenta del siglo pasado.

En 2017, el Hay Festival lo incluyó en Bogotá39, una selección de los escritores jóvenes más prometedores de Latinoamérica.

Soto es autor de *Finisterre*, *La máscara de cuero*, *Boeuf*, *Perdidos en Frog* y *Bestias arcaicas*.

* * *

¿Quieres leer más del autor o escribirle un comentario?

Contáctalo aquí:
www.jesusmiguelsoto.com

www.ingramcontent.com/pod-product-compliance
Lightning Source LLC
LaVergne TN
LVHW041631060526
838200LV00040B/1538